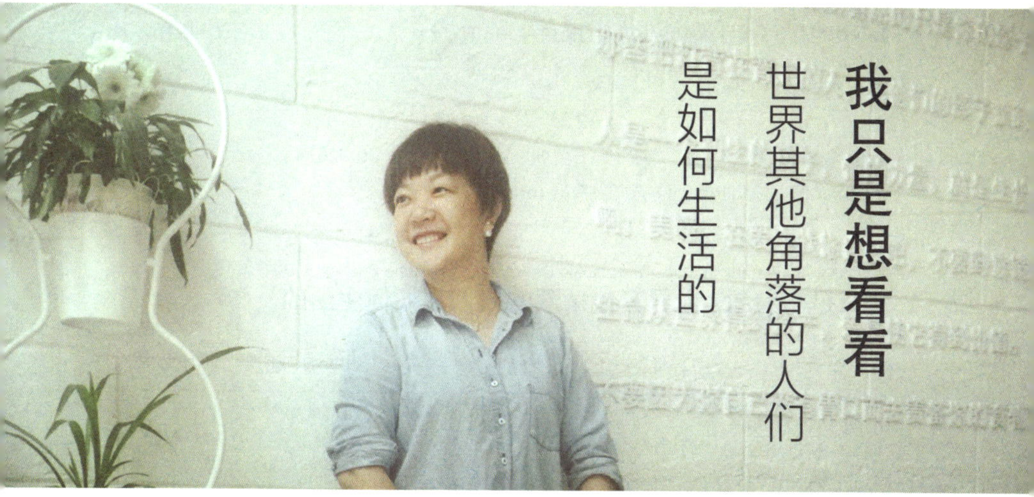

我只是想看看
世界其他角落的人们
是如何生活的

叶丹 ◎著

南方出版传媒
广东人民出版社
·广州·

图书在版编目（CIP）数据

我只是想看看：世界其他角落的人们是如何生活的/叶丹 著. – 广州：广东人民出版社，2017.8
ISBN 978-7-218-11911-3

Ⅰ. ①我… Ⅱ. ①叶… Ⅲ. ①游记－作品集－中国－当代 Ⅳ. ① I267.4
中国版本图书馆 CIP 数据核字（2017）第 161889 号

Wo Zhishi Xiang Kankan Shijie Qita Jiaoluo De Renmen Shi Ruhe Shenghuo De
我只是想看看：世界其他角落的人们是如何生活的

叶 丹 著 　　　　　　　　　　　版权所有 翻印必究

出 版 人：肖风华

策　　划：中资海派
执行策划：黄　河　桂　林
责任编辑：曾白云　郑　婷
特约编辑：阮小雁
版式设计：刘　榴
封面设计：尚世视觉

出版发行：广东人民出版社
地　　址：广州市大沙头四马路 10 号（邮政编码：510102）
电　　话：(020) 83798714（总编室）
传　　真：(020) 83780199
网　　址：http://www.gdpph.com
印　　刷：深圳市希望印务有限公司
开　　本：880mm×1250mm　1/32
印　　张：10　　字　　数：139 千
版　　次：2017 年 8 月第 1 版　2017 年 8 月第 1 次印刷
定　　价：42.00 元

如发现印装质量问题，影响阅读，请与出版社（020-83795749）联系调换。
售书热线：(020) 83795240

序 一片丹心在玉壶

周智琛
深圳晚报社常务副总编辑
深圳 ZAKER 首席执行官兼总编辑
深圳网易总编辑

每次写人、断人，我都左右为难，犹豫不决，但这次不。凡透亮纯真的朋友，都会使我言语滔滔、欲罢不能。

倘若要三言两语说清楚叶丹，只这么一句就够：一片丹心在玉壶！肝肠如火、色笑如水、有礼有貌、有道有德，这就是叶丹，到底是杭州籍的女子。

不过，我在深圳这几年认识的浪漫派，第一等的"女疯子"也应是她，只不过，她是一个貌似佗寂、形似素人的"女疯子"。她迷恋电影、旅行，对声色、朋友、季节忠恳敏感，时而奔放时而悲观、时而超然时而激越、时而安宁时而颠沛，拍摄、写字、半隐，大大方方、简简单单、明明白白。

我一直都崇羡她的状态。不像我，常常以理想和使命之名，用努力加重了更加努力的负荷，为生活更加深了生活的鸿沟，对于自由自在的梦想，我的精神超前，但行动太过保守了。

一日，久疏音问的叶丹发来她写的一部书稿，笑道，这书里没有一行不是自由，你有空看看，工作事小，自由事大。那日忙完，我打开书稿，双目圆睁，急速读完，心跳加快，久久不能平静。

这本书产生于一种天真烂漫的活法和写法，文字很轻，风景很大。它发出明亮而不刺眼的光芒，令人着迷，不可思议。建议你只读一遍就好，阅后即焚，因为它的主人不怀好意，她在诱惑你抛开现在唯恐失去的事业和生活，她简直太坏了。

也是彼时我才知晓，一年前，叶丹裸辞了，结束了 15 年的主持人工作，一个人去了欧洲肆意游历。作为她的朋友，裸辞我可以理解，游历异国我也可以理解，但她这种游历的方式真叫人胆颤心惊。我早已听闻过 Airbnb，但总是觉得住在陌生人的客厅或者卧室，是需要相当勇气的。

也许正因如此,她的行为才显得分外动人。正是这种不被规范、不能被定义、不愿意放弃自己的行事风格,叶丹和她的人生才显得丰满可爱、令人艳羡。现在像她这样的人,实在是太少了。深究到这层,我为她开心。人生在世,有时必得逆流而上,才能得到生命复兴。但这天底下,能如此明白和果决的,不知能有几个。

话说回来,叶丹尽管在旅行、在思考,但本书并不是心灵读本,更不是旅行攻略。我的理解是,它是波西米亚人的精神苗裔所写的一部"笑忘书",它采用一种特别的生命行走方式,正告它的读者,自由比什么都重要,宁可高飞,宁可摔无,宁可侘寂,宁可静止,但绝不久陷僵滞,绝不枉入红尘。

是为序。

周智琛

2017 年 4 月 22 日

目 录
contents

自　序　出走趁年华 / 001

【窥探者】

黑胶唱片 / 006

自找的作业 / 017

折磨人的夜 / 027

【偶遇的女人】

带我逛布店的女人 / 038

在布鲁塞尔的英国女人 / 049

街角的店 / 057

【一角巴黎】

琥珀兄弟和法学博士 / 066

凡·高墓地 / 075

那些影子射进了心里 / 085

两个爷爷 / 095

艺术的大门不好进 / 107

【无酒的波尔多】

没有参观酒庄就没到过波尔多？ / 118

我终于忍不住炒了一顿饭 / 129

It Is My Pleasure / 139

【转弯去了巴塞罗那】

他们都来自阿根廷 / 146

人在他乡 / 159

Tina 和我 / 165

高迪是"外星人" / 177

【陌生的时尚之都】

励志姐 / 190

误闯"粮仓" / 203

【晕晕的威尼斯】

抠门房东 / 214

哥哥的耳朵 / 227

偶遇《为无名山增高一米》/ 235

【我终于去了条条大路都能通的罗马】

无意义的对聊 / 244

最认真的房东,最乐观的翻译 / 253

撞上梵蒂冈 / 263

【希腊半日】

不光有蓝色 / 279

再来希腊我带你去文身 / 289

吼我，亲我 / 299

后　记　在梦里活出自己的现实 / 305

自序 · 出走趁年华

一本书是一个世界。翻开一本书便好似推开了一扇门。

我不知道是什么使你翻开这本书的。不论是机缘巧合还是其他任何原因,都希望你喜欢它。希望你能体会到身为作者的我想要分享和表达的。如果你还借由这本书发现了一些未曾发现的发现,感悟到了不曾感悟的感悟,那就更棒了。

写这本书的力量源泉来自这句流行已久的话:有些事现在不做以后就再也不会做了。在人生的一个节骨眼儿上,读书、辞职、独自旅行、重新认识自我,这一切几乎同步发生,于我而言就好像一个不会游泳的人掉进了茫茫大海,溺水身亡还是如鱼得水都不好说。任何事情都有发生的可能。

我决定了该放弃的,也决定了必须要做的。

> 我只是想看看
> 世界其他角落的人们
> 是如何生活的

结束了从事15年的电台主持工作,有了"独行欧洲一个月"的旅行,和"看看世界其他角落的人们是如何生活的"这本书。

这本书当然不是"旅行攻略",因为几乎没有太多值得借鉴的线路或贴士;这本书也不与"心灵成长"相关,因为并没有能令你在一秒钟内变得振奋异常的金句或鸡汤;这本书更不是"地理人文历史艺术"串烧,因为我知道的一定比搜索引擎和Lonely Planet要少。

但是,这本书里记录和书写的人和事物,是转瞬即逝、无法重复且独一无二的。

若不是好奇、勇气与坚持,我就不会遇到书中所写的巴黎法学博士、47岁的波尔多大姐、巴塞罗那的阿根廷姑娘、威尼斯的摄影师、希腊的平面设计师了。我推开了一扇扇门,走进了他们的家。只可惜时间太短,所见片面,相处有限。但我满足而愉悦,被触动,且收益良多。

跑那么远不就是去看景儿的么?你花那么多时间去跟人聊天干吗?很多人可能会这么说。我当然也爱看景儿,爱自然风光、历史

自序

建筑、艺术场馆，但我更想了解人。做了这么多年的媒体工作，每当一个鲜活的人在我面前的时候，我总试图透过其言行来理解其思想，再去挖掘其思想中更深邃的部分。对我而言，启发对方敞开心扉的过程充满了吸引力。

在一个月的时间里，在地理位置的不断变换中，那些偶然交错的时空让我深深沉醉。阿姆斯特丹的布店和 19 年前大学里的女装课，以色列的哲学艺术教授和电影《博物馆奇妙夜》(*Night at the Museum*)，我居住的一线城市边缘的百年客家艺术村和巴黎橘园美术馆莫奈的《睡莲》，书写于水城威尼斯的文章《哥哥的耳朵》与我的研究生毕业设计之《此时此刻》，巴塞罗那房东家的地砖和 80 年代在邻居家第一次见到的速溶咖啡，在异乡的梦中睡去直到在熟悉的城市里醒来……

对，就像电影《罗拉快跑》(*Run Lola Run*)。一点点的时间差，就会让过程和结果截然不同。

我一直在好奇，好奇不同的过程和结果。好奇这个世界，好奇

> 我只是想看看世界其他角落的人们是如何生活的

这个世界上的人。我主动推开那些门，想看看他们的生活。也企图探视他们的心灵，尝试推开心门。当然，最终，我希望给自己的好奇心一个交代。那就是，我努力过了，我可以的。

辞职不算什么。但是发生在一个工作稳定且在外人看来"很不错"的 70 后身上，并不容易。读书也不算什么。但是选择一个并不熟悉的领域，而且是一个相对前沿的课题，也不容易。旅行更不算什么。有钱、有胆不就够了么？可是，在那个对我来说堪称"神奇"的 2015 年，穷并且身心虚弱。独自旅行，其实很难。

泰戈尔说，人要在外面的世界四处流浪，才能最终到达自己内心的殿堂。

我好像已经在通往内心殿堂的路上了。你呢？

窥探者

我只是想看看世界其他角落的人们是如何生活的

黑胶唱片

2015 年 5 月 18 日 / 比利时布鲁塞尔 / Tim 的家

　　早年开始流行露营、青年旅社、私人客栈、交换沙发的时候，每每看到友人们的各种尝试，我的内心就会响起"啧啧啧"的羡慕之声。但我随即告诉自己，你就算了，想都别想。是的，出门旅行，怎么可能不住酒店呢？多不安全啊！多不卫生啊！多麻烦啊！万一出点什么事儿怎么办？找谁负责去啊？不行不行，绝对不允许！

　　所以，当 Airbnb 的小风儿刚刚刮起来的时候，我就对自己说，这回一定要试试了。

　　Airbnb，这种被翻译为"空中食宿"的旅行房屋租赁方式之所以吸引我，一是可以做饭，二是可以聊天。做饭是"像当地人一样生活"的最直接的方式，而聊天是获得间接经验的最快速的途径。

　　想象着，推开那一扇扇门，便可以去探索每间屋子里的陈设和物件，好像能猜测出主人的喜好、经历和故事。建筑本身也好，房

Brussels

窥探者

布鲁塞尔的房东 Tim

我只是想看看
世界其他角落的人们
是如何生活的

在 Tim 家安顿下来,窗外雨过天晴

屋内饰也罢，都是一个个立体时空。也许，角落的一把椅子就是房东奶奶的奶奶留下的家具，虽然旧了，但仍在孜孜不倦地履行着它的职责。又或者，厨房里的一把风格独特、来历不明的金属勺，继续无声地散发着它自豪的光亮。

痛苦的根源在于不断地比较。网页上的照片像极了家居杂志里的样板房，令人眼花缭乱，兴奋不已，实在难以取舍。真恨不得把一千多个搜索结果都看完再做决定，生怕错过了什么。

选完房子选房东。弄不好还会被房东选。有些房东除了要求租客提供职业、年龄、爱好等信息外，还会提出一些特别的问题。例如，你为什么选择我的房子？你觉得你有什么特别之处？如果他们对你的答案不满意，你就可能遭到拒绝。

看上了一个设计师新装修的房子，外观简洁现代，配有落地玻璃窗。几个关键词轻而易举地抓住了我的心。"新"代表干净，"玻璃窗"说明可能会有很好的阳光，设计师应该品味不错，有东西可聊。行，就是它啦！

我只是想看看世界其他角落的人们是如何生活的

设计师工作室

可是对方的要求是：请租客提供一张本国的黑胶唱片。这……

对黑胶唱片了解不多，更说不上深了。在我万能的朋友圈里，第一时间非常有目标性地@了一个多年的好友，他爽快地答应了："来店里选吧！"这位大哥"发烧"烟斗、雪茄、红酒和黑胶唱片多年，听说了这张唱片的用处之后，推荐说："要不要选邓丽君？"可我脑海里蹦出了周璇、姚莉的字样。但立刻放弃了，毕竟太贵重了。要不，京剧？二胡？样板戏？在这位大哥欧式风格的雪茄店里纠结了半小时，最后拿了交响乐版的《梁祝》。

居然有点像考试。当你准备好了一切去应考的时候，会期待有一个理想的结果。

这个希望能得到有租客本国特色的黑胶唱片的房东叫 Tim，在比利时布鲁塞尔做设计师。而这栋房子也确实是新装修完拿来做短期出租的，内部是轻 LOFT 风格，但又不乏温馨。

顶层既是 Tim 和朋友的工作室，也是厨房。一侧墙壁上挂着他们的作品和草图，另外一侧有好多烹饪器皿，等着被主人归位。三

我只是想看看
世界其他角落的人们
是如何生活的

满满的都是芝士

窥探者

面落地的大玻璃窗,采光极好,外面时阴时雨的气象一览无余。

我住的房间以黑白灰色调为主,落地窗视线毫无遮挡,直指马路对面的建筑。铺满沙砾的大露台上,仅有一株小植物孤零零地在风中摇曳。Tim 说下周露台就会被种满花草。冲凉房的一面墙是透明的玻璃,幸好有一盆一人高的植物遮挡着。洗手间倒是很封闭,关起门来好像在飞机上一样。幸好我没有密闭空间恐惧症。

一切交接得差不多了。我从行李里小心翼翼地拎出黑胶唱片,迫不及待地想要完成这个"仪式"。Tim 在接过它的时候很兴奋,激动的神情不仅仅是出于礼貌和客气,我相信他是真的喜欢。

房间的音响旁有一大摞黑胶,Tim 兴高采烈地分享着其他租客带来的异国唱片,这张是谁谁谁从哪哪哪带来的啥啥啥乐队的歌曲,那张是哪国的谁在某某时期的作品……而此刻的我觉得,在这些黑胶唱片的封面上,各国的文字就像是一个个严肃的士兵,证明着自己的所来之处。

应该说,我第一次经历的 Airbnb 相互选择是令人满意的。当我将这样的体验发送到朋友圈的时候，多数朋友表示很新鲜，想尝试，但担心在沟通或者权益保障方面遇到问题。小部分资深旅友虽早就体验过这种形式，但仍配合性地鼓励了一下，给了些小建议。比如，在给客房和屋子打分和评价的时候，尽量用客观的词汇，以便给后面的人更多实用的参考。

当然，还有一部分是这样的："哇，黑胶唱片可以抵房租吗？""房东好聪明呀，多年以后他就是收藏家啦！"还有人直接问"唱片这么贵，你傻不傻啊？"……我想说的是，这件事显然不仅仅是一次消费过程，我也不仅仅只是个消费者。花钱住宿最简单直接的方法当然是住酒店，但玩法不同游戏规则不同，侧重点自然就不一样了。

我相信不会有人拿价值连城的唱片当礼物，也不会有人随意带一张唱片敷衍了事。寻找、选择和赠送黑胶唱片的过程是一个走心的过程，不然，我当初就不会在选择甜歌儿皇后、"中国歌剧"还是民间戏曲故事上纠结不已了。

回过头想，如果有一天我成了房东，我会用什么问题来筛选我

Brussels 窥探者

的租客呢?用这个平台吸引来自世界各地的什么样的人呢?

那夜,我躺在洁白的大床上,黑胶伴我入眠。

Tim 的工作室里,用竹签和黑胶布做的作品

Jean 的家

自找的作业

2015 年 5 月 22 日 / 比利时布鲁塞尔 / Jean 的家

  Jean 是位大学教授，曾经在以色列任职，教过音乐、美术和哲学。

  他介绍房间里各项设施的使用方法时一丝不苟，这让我对这位老人家有种说不出的信任感，而房间里如博物馆般的装饰又令我心生好奇。他很谦虚地说他英文不够好，但仍然很利落地给我布置了"作业"。作业的题目是，他拿出 5 欧元作为经费，请我到指定的跳蚤市场去淘一个物件，而这个物件同时也是一个问题的答案，这个问题需要我自己提出来。

  首先，限定了费用。5 欧元，相当于 35 元人民币，这势必要在跳蚤市场发挥讨价还价的功力啊，语言或者身体语言都将得到锻炼。其次，从住处到那个跳蚤市场需要乘坐交通工具。探索路线的过程是融入这座城市最直接和快捷的方式。再次，自己提一个问题，再用一个物件去解答它。在寻找中思考，在思考中获取一些发现。

我只是想看看
世界其他角落的人们
是如何生活的

生了锈的老唱片

窥探者

申请他的公寓时他可没有提任何附加条件,而这个突然降临的作业仿佛一个小小的挑战,好有趣啊。难怪这个公寓像是一座博物馆,原来好多东西都是之前的租客交的作业啊。

教授布置完作业就走了。

我在餐厅角落里发现了一张废纸,上面用英文写着"我丢了我的钱包,所以无法完成这件事"。不知道这张纸是 Jean 刻意留着的,还是仅仅就是一个无所谓的客观事实。

在 Jean 家,我第一次见到老式金属唱片的模样,虽然生了锈,但是那些能发出乐音的小凸起密密麻麻地排列着,似乎丝毫没有因岁月的悠久而倦怠的意思。圆形的金属眼镜儿被固定在一张纸上,让我想起了经常会出现的"戴着眼镜儿找眼镜"的场景。高高悬挂起来的玫瑰花,也不知道在那里待了多久,凋谢了,但是好像并没有完全失去力量,默默地望着来来往往的人们。

洗手间镜子上的玛丽莲·梦露让我每次照镜子时都会心生障碍。我看到的不仅仅是我自己,还有另外一层,那一层是另外一个轮廓,

> 我只是想看看世界其他角落的人们是如何生活的

是画,是作品,而在某些时候又仅仅是镜子的一部分。

这些物件儿让我恍惚,也启发了我,让我在难熬的夜里翻滚了一晚上,身心更加迷离。不过第二天屋外的大好阳光剥离了我的魂不守舍。推门,出去,街道上行人极少。按照教授在地图上给出的指引去完成那个所谓的作业吧。

问路已经很熟练了,而且这几天遇到的指路人都兼顾友善和精准,体验良好。今天遇到的这个姑娘是法国和韩国混血,家族开小工厂和餐馆的。她很少回韩国,大部分时间在欧洲学习和生活。美式口音很潮很动听,又有东方女孩儿的温柔。她带我走了一条街,在岔路口与我分开的时候,再三向我说明接下来要怎么走。

这个跳蚤市场并不大,在教堂的广场上,呈半包围结构,周围都是餐厅和咖啡馆。这是我第一次在异国逛跳蚤市场,和想象中的完全不同。看着跳蚤市场上形态各异的买家卖家们,有种不知道他们前世今生的神秘感。那一堆堆旧物件里似乎藏着充满灵性的力量,在向我发出召唤。

Brussels 窥探者

客厅墙壁上的拼贴作品

我只是想看看
世界其他角落的人们
是如何生活的

租客们留下的"作业",教授的家像一个神奇的博物馆

那些被随意摆放在一边的木头家具，东方感很强，好像就是多年前在老家使用过的东西。有一些不知从何而来的鞋子，破旧不堪，已经分不清颜色甚至左右脚了，有的已经不成对了。还有些夸张的售卖者，表情严肃，文身裸露，令我不敢轻易开口询价。

在货物和人群中穿梭，不知不觉中发现太阳早已移动了位置。教堂的钟声响起，好像在提醒我时间和地点。我抬头望向蓝天，以缓解持续低头的疲劳。这时候我才意识到，我已经离开家很远，而且已经有5天了。此刻，我这个不喜欢购物的人，居然在为了做作业而逛跳蚤市场。

我为自己淘了一枚珍珠贝和银搭配的戒指。看材质不算名贵，而且老板一副演出来的"不舍得"和"不乐意"——大致的情节是，这枚戒指是他祖上的亲人传下来的，如果价格太便宜他会不太开心。我忽然觉得，大概是这个跳蚤市场已经非常国际化了，摊主们也更换了几茬，那些不计较金钱的慷慨当地人已经不多，取而代之的是商业化的小商贩，销售目的纯粹而明显。我也就是图个喜欢，在确

我只是想看看
世界其他角落的人们
是如何生活的

物件是人与人、时间与时间的载体

认没有"中国制造"的字样后拿下,乐颠颠地离开了。

在这件事中,度,很重要。我稍微表达了对"祖传"的质疑,但也没有过分追问,毕竟摊主的戏份儿也是很到位的。皆大欢喜。

犒劳完自己,继续捕捉"作业"的素材。忽然,有一个巴掌大的深蓝色瓷瓶跳入了我的视线。摊位的主人是一个中年男子,面目不那么清晰,猜不出年龄、民族和性格脾气,似乎即将要收摊。看他无心恋战的样子,我试探性地问,这个卖吗?他点头,并伸出手指表明价格。我这个时候才想起来看看瓶子的产地,所幸的是,瓶底赫然写着它的出生地:巴伐利亚。太好了,就是它了!

小瓶子的产地是巴伐利亚,这就是我要买下它的原因。

握住它的那一刻,我理所应当地觉得它一定产自中国,并自以为是地想象它是如何从遥远的中国来到布鲁塞尔的。可是,瓶底上写的却是"德国巴伐利亚制造",我这才意识到了自己的狭隘。这个世界产瓷的地方又何止一处?

最后,我是这样呈现我的作业的。把我提出的问题写在小纸条上,

我只是想看看
世界其他角落的人们
是如何生活的

我的"作业":你从哪里来

把小纸条塞在瓶子里。问题是"你从哪里来",答案就是这个瓶子。

"你从哪里来"这问题恐怕被人问过无数次,也自问过无数次,只是,每一次的答案是不是都统一如初?

折磨人的夜

Jean 的房子离街角不远。我拖着行李寻找门牌号的时候,一扇门打开了。然后,这位身高至少 1.8 米、满头银丝的不太老的老人就出现在我面前了。

进门右侧是客厅,采光极好,隐隐地透出偶尔路过的行人。左侧是餐厅、卧室、洗手间,几乎所有的墙壁都挂着装饰物,有画有物件。生了锈的老式金属唱片、刻着"HOW DO YOU SAY"和人体线条的课桌桌面、圆形金属眼镜儿、黑白照片、凋谢的玫瑰花、印有玛丽莲·梦露头像的镜子……整体感觉就像个博物馆。

新鲜的小朵黄玫瑰和一板巧克力静静地躺在餐桌上,我却已经被"博物馆"深深地吸引住了。

可能是太安静了,也可能是空间太大,或是墙上的"人物"太多,我异常精神,两眼放光,完全没时差地体验着布鲁塞尔的夜晚。我把地图研究了一通,把朋友圈刷了个遍,仍然精神抖擞,毫无睡意。

洗手间旁的角落

当地时间才 22 点多。

夜是神奇的。它悄悄地蒙上黑纱,让你开始看不清认不明曾经熟悉的人和物。

风轻抚着垂地的红蓝窗帘,透出窗外不由分说的漆黑。温度降了,黑,彻底笼罩了我。我的听觉变得灵敏,安静之下甚至有些耳鸣。路上的石子偶尔被行人踩过,不知名的小虫子时不时地叫几声。树叶沙沙。

我鼓足勇气去客厅的大床旁站了半分钟,想象着,如果躺上去,会有怎样的感觉?左边是三张油画,画中人几乎是真人的一半大小,有好多人,好多双眼睛,极其逼真;而右边是落地窗,窗外不到半米处是一堵一人多高的墙,随风时隐时现。我静静地站着,却分明感觉有很多东西在动。

这个空间是三角形的,每个角落都好像能带你去另外一个世界,隐隐的神秘和诡异感。床的位置也不正,不论你怎么安置身体,都无法和这个三角形的空间相和谐。整个气场是散的。咱老祖宗不是

我只是想看看
世界其他角落的人们
是如何生活的

有灯不敢开、有床不敢睡的夜晚

窥探者

有个说法吗?卧室要"聚气"。故宫的屋子有九千九百九十九间半,皇上睡觉的空间不也就 10 平方米左右么?小小的一间儿,龙床前还有两道帘子,多隐秘多温馨多有安全感啊。而这里,若我独自躺一晚,怕是身体里的能量都挥发殆尽了吧?我有点怕,我承认。

开着几乎所有的灯,我在客厅的暖气和沙发旁打了个地铺。一点点让身体着地,躺上去,慢慢地和被窝融合。渐渐地,我觉得有一些温暖了,安全感也回来了。我努力让眼睛闭起来,以隔绝那些灯光,可是越是努力,越是有油画和照片里的人浮现出来。他们有的站在展览馆里,空旷而肃静;有的在相互交谈,严谨而认真;有的好像正在穿越丛林,而那些丛林里的野鹿正在躲躲藏藏……画面近乎是旋转的,呈蓝灰色,像是被加快了速度的默片。

我觉得自己正卡在梦境与现实的边界,进一步和退一步会天差地别。

耳朵里也开始有秒针的移动。咔哒、咔哒、咔哒,规律而有力,完全没有要停下来的意思。无法抗拒,只好跟着它,在这样的"咔哒"

声中继续行进。神经被它牵动,"咔哒"声慢慢变大,好像即将要把耳朵炸开。我真希望能快点结束它。

身体里至少两个以上的自己开始讨论:"冥想吧!""起来吧,这样陷入胡思乱想,后果显而易见啊。这大老远的,要是在布鲁塞尔抑郁了可咋整?""神经病啊?怎么能听见那么多声音?走来走去和翻塑料袋是怎么回事啊?""这屋子里有太多'形象',在夜里出来活动也是正常的。""问题是,除了听见很多声音,并没有其他不舒适,和那年独自在青岛比起来好很多啊。""是啊是啊,那次有块大镜子,躺在床上能看见洗手间,总觉得有什么在召唤,但又看不见,却还被吸引。"

这时,只听见木地板上有来回踱步的声音,我不想去仔细辨认,怕清醒过来。但是这声音却越来越清晰,甚至从踱步声中能感受到停顿、思考、翻行李找东西,然后再思考、踱步……

在挣扎里,努力将自己推入梦境,不去纠结那声音的缘故。我又想起卧室大床旁边的那扇落地窗,和窗外一人多高的那堵墙。墙

Brussels 窥探者

三角形的卧室一角

我只是想看看
世界其他角落的人们
是如何生活的

窗外是一堵墙

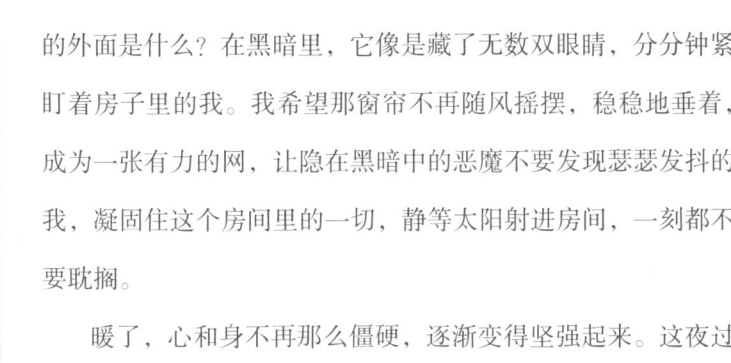

的外面是什么?在黑暗里,它像是藏了无数双眼睛,分分钟紧盯着房子里的我。我希望那窗帘不再随风摇摆,稳稳地垂着,成为一张有力的网,让隐在黑暗中的恶魔不要发现瑟瑟发抖的我,凝固住这个房间里的一切,静等太阳射进房间,一刻都不要耽搁。

暖了,心和身不再那么僵硬,逐渐变得坚强起来。这夜过得很复杂。看见阳光射进来的时候,我还是小感动了几秒的,很微妙,自己都差点没察觉到。

一个人的夜,一个人的害怕,一个人的战斗,一个人的孤独。

孤独是孤独人的功课。我完成了它。

我只是想看看世界其他角落的人们是如何生活的

市场鱼档收摊了，觅食的鸟儿们跃跃欲试

偶遇的女人

我只是想看看世界其他角落的人们是如何生活的

带我逛布店的女人

2015 年 5 月 24 日 / 荷兰阿姆斯特丹 / Janeke 的家

"家里的鲜花凋谢了,想换些新鲜的。"阿姆斯特丹的房东 Janeke 说,"要不要一起去市集逛逛?就在两条街外,而且不是每周都有。"在短暂的旅行中,这类"遇见"可遇而不可求,还有什么比这更让人兴奋的呢?话说我才落地荷兰一个小时,如此温馨美好的邀请,一定是要爽快答应的。

夕阳西下,在街道中穿行,两边是小摊儿和商铺,售卖的东西与我们平日逛的街市也并无太大差异,只是人们脸上的笑容让我印象深刻。那些笑容是天生的,可以毫无缘由、毫无内容、毫不吝啬地挂在脸上。哪怕你仅仅是个路人,不买不问甚至不看一眼他们的货品,笑容还是那样挂在他们的脸庞上。一张张笑脸好像一朵朵盛放的鲜花,洋溢着满满的热情和活力。

一些奇装异服的年轻人,脸上画着鲜艳夺目的线条,裤脚上绑

Amsterdam 偶遇的女人 039

阿姆斯特丹的房东为客人们准备的地图和展览信息

我只是想看看
世界其他角落的人们
是如何生活的

布店里的凡·高自画像

Amsterdam　　　　偶遇的女人

着闪闪发光的彩色流苏，一副要去化装舞会的打扮，欢声笑语地从我们身边走过。落日的余晖为他们的背影镶上了金边，不一会儿，"金边"消失在了远处。我被他们的绚烂和喜悦所感染，有种说不出来的高兴。随着房东，我渐入市集深处。

这里有一间布店，三块区域的货架被布满满当当地占据着，每爿货架都有将近2米高。收银台的墙壁上挂着一幅凡·高自画像。在布店这种非旅游景点的地方看到凡·高自画像，多少还是有些小意外和亲切感的。

如果时空倒回至1996年的西子湖畔，那时候的我也是布店的常客。因为大学主修服装艺术设计，教室、工作坊、寝室甚至床头，布料以不同的形态和大小存在着，这些是我再熟悉不过的。奇妙的是，2015年的今天，我身处异国，竟然置身于一家布店里。我抓着相机，愣在那里，任由思绪游荡，这是一份无法言表的自由自在。

房东Janeke买布料是因为她想要完成一个作品，为某个项目筹款。在那个作品中，她会扮成吉卜赛女巫的模样坐在一架帐篷里。

我只是想看看
世界其他角落的人们
是如何生活的

第一次来却感觉很熟悉的房子

偶遇的女人

我问她:"你真的会巫术吗?"她微笑着回答:"也许准呢。"Janeke 和我认识的女艺术家不太一样。或许,她并不是艺术家,但是她做的项目挺艺术的。我以为她会是那种很夸张的、酷酷的,甚至有点严肃的欧洲中年女人,可她不是。她有种不远不近、不松不紧的亲和力,以及稳稳的平和。

我不记得房东最后买了什么布料。我想她后来的筹款应该也是顺利的吧。应该也会有人问她,你真的会巫术吗?只是不清楚她是不是也会回以同样的回答。

Janeke 的房子是祖上传下来的,三层,看上去既没有老房子的破旧感,也没有新房子的苍白感。我住在二楼,客厅的两扇大窗户和阳台门正对着一个大公园,公园里的树至少有三层楼高。树木郁郁葱葱,看着都觉得肺里的含氧量瞬间增加了。

房子的风格就是常见的阿姆斯特丹建筑的样子,窗户瘦瘦高高的。楼梯又窄又陡,两个人根本无法并肩向上。刚抵达的时候,我提着大箱子,吭哧吭哧一步步地往二楼挪,心里想,他们一定有其他途径,不然,如何搬运家具上下呢?果然,我在交错的河道上乘船时发现,沿河的房子既统一又不失个性,而且,几乎每家房顶都有定滑轮装置,大件家具用绳索从阳台入房间,既美观又兼顾功能性。

喝着Janeke泡的红茶,品着比利时巧克力,凋谢的花朵已经被替换,阳光令客厅明亮而温暖。窗台上整齐地摆放了一排"指南",有关于阿姆斯特丹的交通的,也有关于博物馆、艺术馆、美术馆的,似乎是在呼唤着住客去翻阅,也像是在提醒住客,这里既是家也是酒店。墙壁上的照片格外吸引眼球。有家族成员的结婚照、母女合照,也有集体照,从服饰的风格大致可以判断时间的远近。外婆的妈妈身着小西装和长裙,戴着帽子、手套,脚下是皮鞋,表情严肃,眼神坚定。

Janeke家族有三代人人生中的大部分时光都是

Amsterdam

偶遇的女人

阿姆斯特丹的房东 Janeke

在这座老房子里度过的。她说,她和先生现在住在其他地方,两个孩子一个上学一个已经工作,都有自己的住处,这里腾出来给游客住,但她仍然很喜欢这里。房东还说,她现在每天的生活就是按时上下班,晚上为先生做做饭,饭后两人出去散散步,睡前看看书,就这样,很稳定,很舒适。

在这间采光良好、大小适中、装饰得当、安逸舒适的屋子里,我竟油然而生熟悉感和安全感。我不由地自我代入,想,自己的人生中居然没有住过三代人的房子,甚至别说三代人,就是本人都未曾在一所房子里居住超过三年。那种每到一处都有种"不知道什么时候又搬家"的不安感,令许多事情都变得非常暂时。尽量不把太多照片挂在墙上,钉了那么多的钉子,以后怎么办?也没有机会在厨房完全按照自己的身高布置那些工具架。房子,在我的记忆里,是没有住得太久的。

我甚至开始羡慕起房东来。回忆自家"祖上的房子",不仅建筑实体已经不复存在,甚至所属的整条街道和片区,都已变了模样。

偶遇的女人

新楼盘如雨后春笋般势不可挡，人们对新房的追求已经不仅仅是为了居住这么简单的了。要高档、便捷、奢华、私密，买房子甚至成了一种信仰。每次回老家，任凭多么努力，我都无法找到祖辈曾经的点滴，哪怕是蛛丝马迹。老房子，这种不仅曾经为家人服务，现在还在为来自世界各地的游客服务，将来或许还会为更年轻一代的新主人服务的可能性，已经荡然无存。

而 Janeke 的老房子，容纳和装载了一个个日日夜夜，不必替它担心某天会被拆除，也不会遗憾曾经的美好迅速被覆盖。Janeke 站在照片墙前讲故事的样子深深地印在我的脑海里，还有随风而动的窗帘，娇艳欲滴的鲜花，射进厨房的晨光，以及，传了三代的这座老房子。

我只是想看看世界其他角落的人们是如何生活的

前来搭讪的女人，带着这本《旅行的艺术》

在布鲁塞尔的英国女人

遇见她像是一场梦。

我不过是在广场喝茶,发呆,晒太阳,胡乱拍点帅哥美女小风景儿,她却突然闯入我的镜头,并且像一个演员一样高度配合。我在按快门的时候还有些犯嘀咕:她是谁?她想干什么?当然,嘀咕归嘀咕,我还是没放慢按快门的速度。

其实我知道这个广场的角落里有个地铁站入口,但我还是在"女演员"向我走来的时候,迅速决定以假装问她"地铁口在哪里"来降低一个劲地拍摄她所带来的唐突和尴尬。

果然,她蹭到我面前了,但是一点都不尴尬,而是邀请我和她同坐一桌。

然后,我知道她是威尔士人,曾在伦敦做了4年的报社记者,但她说她喜欢现在这样不工作在布鲁塞尔到处晃荡着的生活。这个广场叫圣吉尔广场(Parvis de St Gilles),每天都会有不同主题的市集,

我只是想看看
世界其他角落的人们
是如何生活的

Sally 和一位偶遇的老朋友唠嗑

今天的主题是"美食"。

适应她的口音还是需要一点时间的,不过她一点也没闲着。一边说,一边写,还一边卷着小烟卷儿,顺手把一本书放在桌上。

我在做电台主持人的时候,有位嘉宾曾经在节目中推荐过这本书——阿兰·德波顿《旅行的艺术》(*The Art of Travel*)。而此刻,这本书的英文版就这样"直挺挺"地躺在我面前,而她的主人是个才刚认识几分钟的威尔士女人。更令我没想到的是,她竟然提出要带我走走。

我心里的小天使飞出来,闪烁着纯洁的大眼睛对我说,保持警觉,看看她到底想干啥。我默默地说,好。

她带我进了最近的一间教堂。教堂里只有三个人,静得可怕。我们肩并肩坐着。我很清晰地感受到自己的心跳,听见自己的呼吸。眼球最大限度地转动,看着这座教堂里的那些细节。5分钟,前所未有的长。她示意我从一侧离开,带我来到忏悔室旁。忏悔室是一个木质结构的光线暗淡的小亭子,无数次在电影里看见过,却从来

> 我只是想看看
> 世界其他角落的人们
> 是如何生活的

没这么近距离地观察过。有种说不出来的紧张感，好像有什么从嗓子眼儿直往上冒……

出了教堂，我们的对话恢复到了正常音量。她和我的交谈几乎没有冷过场，我甚至在想她是不是一个很寂寞的人，即便没有我的出现，她也会在别人面前充当"话痨"。

我们一口气走了4条街。她每逢熟人便亲吻拥抱，并介绍说我是她的新朋友："她飞了16小时从中国来到这里就是为了与我'相遇'。"对于这样的表达，我开始真心觉得撑不住，鸡皮疙瘩掉一地啊。后来，我已经可以主动告诉她的朋友们，"我是Dan，我'飞了16小时从中国来到这里就是为了与她'相遇'"，嘿，成功被"洗脑"的节奏。

虽然店铺也是一家接着一家，但是街道不算特别热闹，人们的购物欲并不强烈。但是，她不同。她一头扎进二手服装店，就像老鼠掉进了米缸，上下翻腾着，前前后后试了不下5件衣服。我实在没啥想买的，有一搭没一搭儿地和她聊几句。试衣间的布门帘是无

Amsterdam 偶遇的女人

法密闭的，我不经意间发现，她甚至都没穿胸罩，好身材和她说的"1973年5月生"的年纪极不相符。无聊的时候对着天花板上的灯拍了几张照片，服务员姑娘立刻上来制止，告诉我说，因为天花板是设计师用废旧衣物特制的，不希望被拍摄，我点头表示明白。

最后，她花了1欧元买了一件二手的紧身短袖花T恤，直接穿上身了。她说，你看，多好，才1欧元，便宜，环保。我们在街角发现了一个铁艺工作室，艺术家Anna的工作室和看门狗以及她本人的身影深深地刻在了我的脑海里。Anna和她的作品，我很喜欢。

逛着逛着我发现，她和流浪汉、学音乐的学生、陌生人以及旧邻居打招呼的时候，和她一样热情的人、冷淡应付的人、平和冷静的人各占三分之一。她用的手机是早年款的诺基亚，只能打电话发短信的那种，键盘上有些数字都被磨掉了。我问她用Facebook什么的么，她说她什么都没有，只有电子邮箱。她的手机屏保是她的爱人，她说她很爱他，很想和他结婚。

我们分开前，她邀请我参加一间酒吧晚上8点半的爵士现场。

我只是想看看世界其他角落的人们是如何生活的

Sally 说:"这是我最喜欢喝的饮料。"

坦率地说，我很想去，但是有点不安，于是以"这一天太丰富了"为由拒绝了她。天上忽然出现了一小段短短的彩虹，她说，这是她有生以来见过的最短的彩虹，还说这彩虹是专属于我们的。

最后，她告诉我，她的名字叫 Sally。

分开后，我重新变回地道的旅行者，耳根子也恢复了清静。但是，竟有一阵弱弱的不适应感袭来。当天晚上我就整理了她的照片，按照她留下的邮箱地址发了过去。不过，她一直没回。N 天后，邮箱中转站说，邮件过期了。

邮件石沉大海是情理之中的。她的活跃度和夸张程度大大超过一般人，我甚至觉得她神经兮兮的。这个年纪仍然独身一人，有爱人没婚姻，有事做没工作，从伦敦搬到布鲁塞尔闲散着的威尔士女人，陪我这完全陌生的中国人逛了一下午，如果不是有图为证，我真觉得是做了一场梦！当然，"女神经"在这里绝对是褒义词，而这个梦也充满了奇幻的色彩。

铁艺工作室的手造台灯

Brussels

偶遇的女人

街角的店

我是被悬挂着的店招吸引而来的。这个店在街角，转角遇见它。

这是一个铁艺工作室，从设备和陈列来看，应该新开没多久。"请问有人吗？"我一边试探性地问着，一边跨进了门。并没有人立刻回答，却见一只大黑狗儒雅地走出来，不慌不忙地围着我轻嗅了几鼻子，然后不做声响地走回去，继续守着屋内的楼梯口。我想，可能主人在楼上，没听见响动。

我面前有件未完成的作品，是一个目测至少有 1.5 米宽、70 多厘米高的蛋蛋。里面是实心的石膏，外头仍在用一个个小铁圈拼贴中，没有拼贴完，也还没焊实，工具散落在一旁。这么大的体量，足可以装下一个人。如果一个人待在一个铁制的镂空铁蛋蛋里，那是个什么效果？我胡乱想着。

茶几和椅子以及台灯都是铁制的。因为有造型有图案有镂空的设计，所以并没有一般铁制品的冰冷生硬或者锈迹斑斑。这些物件

我只是想看看世界其他角落的人们是如何生活的

用图纸布置的屋顶和墙面

儿的外形和工艺都很独特，应该是非量产的手工制品。墙壁甚至连屋顶都是用图纸糊的，图纸上画着一些草图，和整个屋子的调子很和谐。茶几上有一本铁制的产品目录，翻开内页，法语，完全看不懂，放弃。唯有仔细欣赏这些作品，并在脑海里猜测它们的主人到底是个什么样的人。

大黑狗再次走了过来，和它的主人的声音一起，唤醒了我。

一个身高至少 1.75 米的干练女性出现在我面前。一头深棕色的短发凌乱地支楞着，左唇边有颗小黑痣，和她上扬的嘴角一起朝我微笑着。黑色套头连帽衫，黑色牛仔裤，黑色运动鞋。她以沙哑而低沉的声音礼貌地说："很高兴见到你。"然后介绍说，她的名字叫 Anna。她前不久刚从法国搬来，开了这间铁艺工作室。店里的所有作品都是她亲手制作的。

说着，她卷了个小烟卷儿，走到她"未完成"的大蛋蛋面前，一手夹着烟抽起来，一手继续拼起小铁环。一个挨着一个，她把它们放在最合适的位置上。

Brussels

偶遇的女人

　　她和我认识的艺术家、工匠朋友一样,有一种稳稳当当、不温不火的气质。不是悠闲,是淡定,是胸有成竹,有股大器的力量。

　　她和她的大黑狗都很静。一个埋头工作,另一个趴地休息。时间无声无息地流逝,我们都既沉浸在自己的世界里,又同时共处于一个空间中,中途没有任何人打扰。我像在老友家做客一般,轻松自在。

　　忽然一抬头,看见了窗外的落日。而窗边独自静坐的小红人儿,看上去既孤独又俏皮,和它投射在黑色墙壁上的影子互相陪伴着。这件作品特能勾起旅行的人在异国他乡的顾影自怜。一件浑身是"刺"的球,看上去很坚硬,充满了自我保护的意图,但是它的刺不完全尖锐,甚至还很贴心地装上了小圆球球。铁,给人冰冷的感觉,没想到生了锈反而变得柔和了,有古旧感,不再那么不由分说,拒人千里。

　　一个女铁匠操持的艺术工作室,刚柔相济。

　　我离开时,她递给我一张名片,并说,"对不起,英文不太好,你可以上网站看,有问题可以发邮件联系我。"然后,唇边的黑痣又随着嘴角一起微笑了起来。

我在 Anna 的网站上看到了半人高的铁制国际象棋、生锈铁皮镂空字体的城市雕塑、辅助乐器表演的铁笼子,如此等等。它们不仅仅出现于艺术馆展厅内,还会出现在自然环境里,让更多观看者去触碰和体验。有一件作品我很喜欢,那是一个镂空的圆球,被挂在了两棵树之间,好像是吊床的另外一种形式。她本人充当模特,坐在里面。手工制作出来的庞大而坚硬的铁器,与大自然的清新和活力冲突着,又共处着。

Brussels 偶遇的女人

铁钉制作而成的装置

我只是想看看
世界其他角落的人们
是如何生活的

奥维尔小镇上通往凡·高墓地的路

一角巴黎

琥珀兄弟和法学博士

万万没想到,这位巴黎的房东这么不靠谱。

我如约按时来到公寓门口,按门铃,但无人应答。担心是不是弄错了,再三确认街区门牌和房号,是对的啊。他不接电话,不回短信,如果不是之前的对话记录仍然留存,我甚至要开始怀疑这场预约的真实性了。于是,我只好坐在大行李箱上,像个忘带钥匙的学生一样,守株待兔地寻找能够尾随进门的机会。

这栋建筑不高,仅有7层。大门口就是公交车站。左侧是一间酒吧,是那种一眼就能看尽内中乾坤的小小的店。可能因为是中午,生意清淡,但是老板自己还挺忙活,一会儿和路过的街坊搭个话,一会儿拿白毛巾擦擦高脚杯,一会儿又打起了电话。脸上的表情并不丰富,不算和蔼也不算冷漠。

大门是整栋建筑的第一道屏障。我趴门缝儿张望了几次,试图看清楚里面的结构,可惜实在是反光得厉害,除了隐约可见的四五

Paris

一角巴黎

在巴黎订的第一间公寓

我只是想看看世界其他角落的人们是如何生活的

巴黎街角的旅游纪念品店

一角巴黎

平米见方的"大堂",连楼梯口在哪里都瞧不清楚。问题是,半个小时内居然无人进出,我企图尾随而入的计划也一直未能实现。

于是,我开始不淡定了。大好时光居然浪费在等人上。巴黎啊,这真的是巴黎吗?不是应该在卢浮宫大暴走、在名画面前流连忘返吗?再不济也要在塞纳河边吹着小风儿、喝着咖啡自拍吗?坐在大箱子上等房东,完全不浪漫啊。难道 Airbnb 形式这么不靠谱吗?传统的酒店才不会这样嘞。这个房东也真是的,再忙也不至于半个小时都不看电话吧。再说,约好了正午 12 点在此地接头,他不应该忘得一干二净啊。我深信我不至于这么倒霉,落地巴黎的第一次入住就出现问题,可事实上的确如此。无聊至极。我从小酒吧门口踱步到公交站站牌前,又坐回到大行李箱旁,坐立难安。我甚至开始观察路人的穿着、肤色和神态表情。

大脑被杂念塞满了,凝固了。时间也是。

忽然想起一周前,房东告诉我,即将和我合租的是一个来自美国的黑人兄弟,身份是街头艺人,性取向是同性。

> 我只是想看看
> 世界其他角落的人们
> 是如何生活的

我最初是忐忑、犹豫甚至害怕的,但是这种情绪很快就被好奇、挑战、新鲜感给打败了。我发朋友圈向大家征集问题,等我见到黑人兄弟的时候好采访他。意料之中,问题五花八门的。"你从事的是哪方面的艺术啊?""这样合租安不安全啊?""在美国街头艺人的收入如何啊?""你有存款吗?""在街头表演时,如果想上厕所怎么办?东西找人看管,还是放着?""美国的广场上厕所多吗?""每次表演完后去做的第一件事情是什么?""赚得好么?街头表演需要办证么?""如何享受你的职业给你带来的乐趣?"还有更直接的:"'Gay'说明了什么?说明你和他合租就安全了么?"甚至有个小妞儿臆想着,不亦乐乎地给这篇文章取了个名字:《我与美国室友的民间艺术交流》。

现在可倒好,连门儿都进不去。

终于,有个人从街角转向这里。他掏出钥匙,打开大门。我立刻跟上前,尾随进入。凭直觉就知道他不是我要等的房东。管它呢,进来了再说。

一角巴黎

只见一个硕大的身影,被困在楼梯间的两扇玻璃门当中。定睛一瞧,是个至少 1.90 米的黑人大汉。他看见有人开门进来,如我一般激动和兴奋。也是啊,我等了一个小时,但毕竟是在户外,而他被困在这里,得多憋闷啊,难怪一头大汗。各种信息都表明这个大汗淋漓的倒霉蛋儿很可能就是我的室友。我的脑海里竟然冒出这个词:琥珀!难道不是吗?他被夹在两层玻璃之间,好像琥珀啊。

我和琥珀兄弟正在一边相互打量一边进行身份确认,开门的男生说话了。他个子不高,斯斯文文,戴着眼镜儿,头发短短的,皮肤白白的,疑似亚洲血统的脸上有种值得信赖的踏实感。他得知我们是被房东放了鸽子的可怜房客,主动提议说可以暂时把行李放在他家里,这样我们就可以一边在周围逛逛一边等房东的消息了。我和琥珀兄弟欣然接受了他的提议,并连声道谢。公寓没装电梯,眼镜儿男帮我把大行李箱拎到了三楼他家。我顿时心生好感,立刻在心中暗暗决定,晚上回来一定要请他喝一杯,以表感谢。

房东继续失联。我是如何打发整个下午时光的先不说。

> 我只是想看看
> 世界其他角落的人们
> 是如何生活的

晚上，我给眼镜儿男发信息说取行李，顺便说请他在一楼的小酒吧喝酒感谢他，他表示很意外，但还是腼腆地出现了。他比我想象中的还要慢热。向他发了几句关于房东的牢骚之后，我们聊开了。

他叫 Leo，法学博士，在学校当老师。法日混血。爸爸是日本人，音乐家，妈妈是个工匠，家中还有一个 24 岁的妹妹。他当老师 3 年了，很喜欢这份工作。薪水是每个月 1650 欧元，比法国的国内平均水平略低一点点。没什么特别的业余爱好，无非就是旅行、看电影、看书和泡吧。最长的假期就是在日本待过 3 个星期，一般都在欧洲晃荡。

我们聊得很"工整"，英文口语练习般的句式。小酒吧的生意好像和中午一样清淡。老板在吧台里，偶尔出来招待一下客人。我们坐在离门口最近的位置。我在朋友圈发了和他的合影，搞怪的家伙们居然让我问他"你知道你有双温柔的眼睛吗？""你听说过咏春拳吗？"这样的问题。Leo 面对这些本可以不回答的问题笑着答了，他说他不知道"咏春拳"，他不认为他有一双"温柔"的眼睛。"如果你想搭讪一个女孩儿，第一句话会怎么说？"他回答这个问题的时候特别仔细:"规则是,绝对不要说'打扰一下',因为这样女孩儿就知道你要搭讪她了。应该说,我朋友出去抽烟了,把我独自一人留在这里,我可以加入吗?"

我俩都微醺,天儿聊得挺轻松。不靠谱房东带来的不快情绪也排解得差不多了,更何况我已经联系到了一位同在巴黎旅行的女性朋友,她打算慷慨地收留我。于是,这刚到巴黎的下马威渐渐显得不那么糟糕了。临了,Leo买了单。于是,我拎上行李,离开了这栋建筑。

当然,很遗憾,没能和琥珀兄弟共处,为他准备的那一堆问题也没机会问了。他没有手机,我也没有他的邮箱。我们就是那一面之缘。他咧嘴一笑,露出有缝儿的大门牙,那模样像个纯真的孩童。不知道他在巴黎一个月的生活是否顺利、愉快。

从头到尾,我都没见着房东。回国后好好地研究了一番,也为这次失败的订房经验给自己打了差评。其实,房东提供的资料是很不详尽的,但我当时并没有深究。比如,他没有职业;比如,房间

> 我只是想看看世界其他角落的人们是如何生活的

与日法混血的法学博士合影

的细节照片很少,只有一张阳台外的风景照;比如,他的订房成交不多,一条留言都没有。我自己没有很留意这些。

最后,我投诉了他,并留言说"年轻人,你这样是不行的!",口气像极了一位老者。但我的内心其实是偷笑的,他怎么样是他的事情。

每一种安排与相遇都会带来别样的境遇,更何况,我还偷到了一个美好的下午。

Paris 一角巴黎

凡·高墓地

联系不到巴黎的房东,却被路过的眼镜儿男安顿了行李,于是我从一个倒霉蛋儿摇身变成了幸运的旅行公主。更幸运的是,一位正好在巴黎的女性朋友"捡"到了我,并把带我到了奥维尔小镇。这里是凡·高最后待的地方。

我对小镇是有情结的,希望可以从生到死都在一个地方。

我梦里的小镇是这样的。安静,人少,大家是彼此都认识、家家都相熟的那种真正的邻里。有明显的四季,至少植物的种类是多样的,色彩会随着季节变幻。建筑不是以高矮论的,要有历史。所谓的历史,并不是动辄上千年上百年的历史,破烂不堪、无人居住的房子,而是外观简洁内里实用的几代人共同的生活空间。走进一户人家,随便一个墙角就杵着主人奶奶的奶奶用过的落地灯,日常的锅碗盆碟都是至少服务了三代人或者以上的,桌上的鲜花、碗里的香料都是院子里随手摘的。

镇上的路是石子的，青石板的也行。反正是那种能衬托出马蹄声的、雨后更是别有质感的路。有教堂的钟声，后山上奔跑的孩子，通往铁轨或者湖边的羊肠小道，有时被芦苇遮挡、有时被籬杜鹃覆盖的院墙，每天下午固定时间飘出香味的面包店，小到只能容纳一张桌子的咖啡馆，有技艺高超的医生和美貌温柔的护士的诊所，还有，只有课业没有压力的学校，从幼儿园到高中……

奥维尔几乎具有我梦想中的小镇应该有的绝大多数配置。而当我在巴黎的街头手足无措的时候，朋友一句"我们去看麦田吧"，把我从棘手的现实拉到了奇幻的天堂。

麦田里现在只是一望无垠的荒草。在烈日下，荒草干枯得好像身材健硕而脾气暴烈的老头儿，有种惹不起的气势。我跟在朋友身后，一步一个脚印地走着，偶尔举起相机便是满满的自信，知道那被收录的定是色彩饱和的影像。

奥维尔小镇里设置了 26 幅凡·高的画作与原景的对照图，以至于每走几步就能看见一处。站在画前望向建筑，自然会幻想他当年

Paris 　一角巴黎

奥维尔小镇上,到处都有凡·高当年的足迹

绘画的时候站在这里的样子。不知道那时候镇上的人是不是也这么少？一切是否也都如此宁静？

面包店不大，却有着巨大的吸引力，即使不是很饿的人也能被牢牢地吸在玻璃橱窗前。面包、蛋糕们英姿飒爽，好像仪仗队一样等待着人们检阅。我觉得香味儿是柔软的，颜色是奇幻的，想象着咀嚼起来的味道是"奥维尔"的。店里就一个姑娘，年龄不详的那种，一个人包揽从迎宾到销售再到取货和结账的所有工作，干净利索。

当年，印象派大师们纷纷离开巴黎，到诺曼底和法国南部寻找灵感，但凡·高却来到了巴黎北部的这个小村庄，在此度过了生命中最后的七十天，留下了七十余幅巨作，最后在那片麦田里结束了自己的生命。

站在凡·高墓前，我的内心居然并不激动。不论一个生命曾经多么炙热，结束了，便陷入无声。无一例外。

这个墓园里还有其他人的墓，杂草丛生的、花团锦簇的、无任何装饰的，不论何种风格都无阴森之气，反而有生命力旺盛的感觉。

去坟场参观,听起来挺让人毛骨悚然的,但其实并没有想象中的那么阴森和阴郁。我之所以有胆进墓园,除了女友的推荐和陪伴之外,还有一个原因。几年前曾经跟着一些旅行达人参观过香港的墓地,导游除了讲述了一些葬在此处的名人的八卦之外,还指引我们如何解读墓碑上的文字、雕塑、照片等,以及如何从墓碑的纹饰、材质和文字来了解时代背景和中西方文化的差异。的确,西方人的墓地和中国传统的坟堆在气氛上还是有很大不同的。

站在凡·高墓前,我的心干净且安静。

他和弟弟都安葬在这里,彼此相邻。他们的墓碑上爬满了绿萝之类的植物,没有其他。

没有举起相机,因为我没有办法征求他们的意见:"请问我可以拍照吗?"更重要的是,我觉得所有的行为在墓地都显得多余。

这一刻,我想,人的存在感真不是在虚拟世界里刷出来的。麦田、蓝天、微风和我们的呼吸,都是那么宁静而真实。你甚至能感觉到毛孔的收缩。在这个世界著名的艺术家墓前,比站在他的画作真迹

我只是想看看
世界其他角落的人们
是如何生活的

前还令人震撼。触动人的可能并不是生命的创造力，反而是静默的力量。

不论你是谁，躺下了，都是一样的。人的结局，无比平等。

小镇上画了凡·高像的墙

Paris 一角巴黎

通往巴黎的火车

我只是想看看
世界其他角落的人们
是如何生活的

公园里阅读的人

一角巴黎

那些影子射进了心里

我住进了巴黎一间连锁的小旅馆。它离塞纳河不远，即便走得再慢，一个小时也一定能抵达。周围是居民区，有一两间小超市，但都是下午5点多就打烊的那种。办理入住手续的大姐动作慢但是态度好，语言确认、文字确认，各种确认，谨慎而温和。

我和我的行李箱就已经把电梯撑得满满当当的了。到了五楼后，我需要提着箱子再爬一层。后来，每当我从电梯转换成楼梯的时候总会有错觉，心慌慌的，怕掉到另外的时空里回不来了。东西不多的时候，我就索性从一楼爬楼梯上到六楼，以保持空间的统一，免得神经兮兮地胡思乱想。

几乎是每次，我从消防通道的门里冒出来的时候，都会把经过的客人吓一跳。而随后，双方都会友善地对视并微笑一下。我甚至把这当成了一个仪式，期待每天进出都能付出和收获一个微笑。这事儿像是一个人旅行的孤独写照。

> 我只是想看看
> 世界其他角落的人们
> 是如何生活的

在巴黎的这几天,我没坐过地铁,也没坐过公共汽车,除了一次通过 Uber 打车的体验,其余全都是步行。我的活动区域就是塞纳河两岸。我记得一篇攻略里是这样描述塞纳河的:"塞纳河像一条绿色的丝带,把许多光彩照人的珍珠串在一起。"我想,那应该是在夜晚吧。我很怂的,每天都在太阳西沉的时候就急匆匆地往小旅馆赶,因为有太多人告诫过我,晚上危险。

我时刻给自己上着"危险"的发条,但是博物馆之间、大街小巷、食肆咖啡厅、公园内外,我常常走的地方似乎并没有太多值得我提防的。我没进过大的购物场所和名胜景点,也不扎堆,形单影只的像个穷学生一般,不起眼得很。

从小就喜欢一个人,逛街、看电影、虚度时光及其他。一个人旅行的时候,总能发现一些和自己不一样的人。那天下午,接二连三地看到成双成对的背影,我对着他们按快门,莫名的兴奋。

一对中年人,女的紧身运动裤包裹着大长腿,脚上的白运动鞋一尘不染。男的一头银发,浅蓝色衬衫配白色休闲裤,一只手牵着

Paris 一角巴黎

过了这个五光十色的通道,我遇到了一位画家爷爷

我只是想看看世界其他角落的人们是如何生活的

街上、地铁甚至餐馆，带着狗狗出行的人随处可见

狗绳，两人的步频严重受狗狗的影响，时快时慢。过了红绿灯后，他们的身影消失在了远处。

我的镜头就是我的眼睛，它也开启了捕捉背影的功能。一对母子耀眼的宝蓝色块移进了镜头。妈妈个子不超过 1.65 米，戴着浅灰色的帽子，上身是白领蓝色七分袖运动衣，下身是同色直筒休闲裤，腰间一条不显眼的黑色皮带，脚上一双浅口深灰色休闲鞋，左肩挎着橄榄绿皮质单肩包，右手领着儿子，无名指上套着金色的戒指。儿子的高度刚好到妈妈的肩膀，深棕色的短头发，浅灰色短袖 T 恤，宝蓝色的卡其布短裤，黑色运动鞋。他俩边走边聊，儿子的头扭向妈妈一边，面带笑容，时而脚步紧赶两下，以免拉下进度。他们的灰色和宝蓝色和谐而稳定，就一路这样走着。不到五分钟，他们转弯进了一条巷子，也消失不见了。

我就这样跟拍了四五对，忽然意识到天色已晚，那个发条在我心里"咯噔"紧了一下。我立刻站定，辨认自己的方位。话说这次偷懒加省钱，我没有租移动 Wi-Fi，也有意地训练自己看纸质地图的能力。面对陌生的文字，通通当成图形去整体记忆，渐渐地就熟悉了。到巴黎不到两天，地图的折痕处就已经尽显沧桑了。

搞清楚自己在哪里，也明白该怎么走回去之后，我继续保持淡定，磨磨蹭蹭地溜达着。想来有趣，我一个外国游客，这几天居然常被问路。可能真的是人少，遇到一个不容易。是的，我一路走着，也没遇到什么人。走着走着，来到了一个桥洞前。桥洞里黑乎乎的，好像煤矿的感觉，一侧的彩虹灯在弱弱地闪着，前面停了一些自行车。桥洞的另外一端不清晰，不容易分辨是畅通的路还是走不过去的墙。

我正犹豫着要不要选这条路，看到对面有个人影渐渐清晰起来。这个至少 1.9 米的壮汉朝我这边走过来，步伐挺大，速度不慢。我眨两下眼的功夫，他的剪影就变大了很多，可以预测他很快就会来到我面前。他是个黑人兄弟。

我开始有点不安，下意识地举起相机拍照。在半按快门的时候，我想，无论如何，不能与他有眼神接触。人就是这样，有时候明明没事的，但是一对视很可能各种杂念都来了。如果他真的是坏人，

Paris 一角巴黎

应该步伐不会这么稳健和坚定,一般不都是要东张西望的么?我忽然想起出发前,爸爸曾经说,换点散钱在身上,万一碰到"小混混"有不时之需,可以做化险为夷之用。我曾想过,如果遇到"小混混"该如何声情并茂、晓之以理动之以情地告诉他,我真的没钱……

"通常,我的护照原件都在酒店,只带复印件在身上,今天也是。而且包里不仅没有大额现金,零钞也不多。还有一个小本子,是用来记录一些简单信息的。手机在牛仔裤贴身的口袋里。相机此刻是套在脖子上的,一把抢走的可能性并不大。"我在心里默默盘算着,甚至听见了大脑飞速旋转的声音。我屏住呼吸,企图让手稳住了,不要抖。我开始有后脑勺发沉的症状。我按下快门,内心深知照片一定是模糊的。此刻度秒如年。

黑人兄弟已经哼着歌从我身边走过去了。他塞着耳机,白色的线格外显眼,他哼唱的曲子很轻快。那一刻,我整个人好像先被什么东西推了一下,而后又被拉了一把。仿佛有一个微笑的声音在很高很高的地方轻声地对我说:"算你走运。"

> 我只是想看看世界其他角落的人们是如何生活的

  我下意识地保持着不变的步伐,直到走出这个桥洞,重新上了街道。后面的路走得是快还是慢,看到了什么以及晚饭吃了什么似乎都记不清楚了,像是直接就蹦到了自己温馨的小屋子。

  晚上,躺在可能只有 90 厘米宽的小床上,白床单很干爽,而且还留有沐浴露的香味。我没有让服务员每天打扫,因为我喜欢柔软的触感和熟悉的味道。

  旅馆周围很静,像是大学宿舍。隔壁电梯间的机械声很特别,好像闷闷的气枪声,"嘭"的一声之后才继续运行,或上或下。这声音很规律,甚至起到了催眠的效果。我开始犯困,闭上眼睛,然后眼前出现了好多影子。

  它们快速地移动着,有的像是与我相互微笑过的客人,有的像是被我追拍过的行人,有的像是从桥洞中匆匆走过的路人。那些影子从快速的黑白变成了慢速的彩色,然后我开始变得越来越轻,越来越高,越来越灿烂。

巴黎街头偶遇的画室

一角巴黎

两个爷爷

其实这一路不止遇到两个爷爷,只是这两个都在巴黎。而且,用时下满天飞的时髦词来形容,他们都是"艺术家",都是"匠人"。除了他们的职业之外,让我印象深刻的是,他们是自在而体面的老人。在这个年纪里,他们仍然从事着自己喜欢的事情,并且以放松的姿态面对眼前的大事小情。

这是在巴黎的街角。

我是被墙上的珠珠和简易的海报所吸引的。盯着海报上完全看不懂的文字,我正愣愣地打算胡乱猜测一番,一位身穿西装的爷爷走了出来。我被他吓了一跳,那扇门太不起眼了,居然冒出个人来。爷爷微笑着示意我进门。我半信半疑地又问:"我可以进去吗?"他依然笑着,点头。

哦,这里原来是个工作室,是由两个正方形的房间打通的。色彩斑斓的画作填满了空间,包括墙上、地上和家具旁。有个戴着大

我只是想看看
世界其他角落的人们
是如何生活的

画家爷爷的抽象作品

Paris 一角巴黎

项链的奶奶迎了上来。她的无袖上衣和这些画用了差不多的配色。她用英文说:"欢迎参观。这是我先生的工作室。"看看我,又补充说:"先生不会英文,所以只会笑。"说完,她向刚刚走进来的爷爷望去,两人之间有温暖、和谐和满满的默契。

蹦进这个空间算是意外但是并不突兀。我向他们二老介绍说,我是个游客,很喜欢墙壁上的画。奶奶说,先生是艺术家,尝试用不同的材质作画。他们原本不是在巴黎生活的,但是巴黎的艺术环境好些,所以就来了。她本人是做灯具设计的。奶奶还很热情的从一堆工具下面掏出了一本她设计的灯具画册翻给我看。

本想和爷爷聊聊天,但一方面,语言受限,另外,有些问题又碍于隐私不敢冒失地问。比如,您是如何走上艺术道路的啊?"用不同的材质作画"的手段也不算新了,您的优势和特点是什么?经济不好对艺术市场的影响是不是很大啊?画都通过什么途径卖出的?这个工作室的房租贵不贵啊?家里几个孩子,他们都在做什么?是不是子承父业?你们两人是如何相遇相知并携手至今的?会不会

我只是想看看
世界其他角落的人们
是如何生活的

"合影,好啊!"他说。

因为观点不同而吵架呢？如此等等。

当然，我既不是《艺术人生》，也不是《社会观察》，我就是个过路的。所以当我表达了我这个游客想和他们合影的想法时，他们好开心。奶奶让爷爷笑，爷爷看着我，于是有了这张照片。有人说，这张照片让人想起了法国电影《蝴蝶》(The Butterfly)，我像电影中那个喜欢问问题的小孩。

我至今都很难想象这个爷爷绘画创作时候的模样。他一身西装，严肃庄重得像个公务员。奶奶的自然、亲切和时尚倒是挺有艺术家的气质，而她既做翻译又做经纪人的时候，透出了对爷爷浓浓的爱意。如果说，艺术家或者匠人，在我们心中是有一个形象设定的，那么这个画画的爷爷显然不太像。

但是，另一位做烟斗的爷爷就不同了。

又是凭借"瞎逛法"，我得以与这个小店相遇。它所在的街道不宽，经过的行人和车辆都与上一个爷爷的小店差不多。我在决定推门进入的时候，并不是很有把握会被欢迎，毕竟我没有想过要买烟

我只是想看看世界其他角落的人们是如何生活的

手工烟斗店

一角巴黎

斗或者烟草什么的,而且也不知道店主是什么样的长相样貌或性格脾气。万一店主是个不苟言笑的人或者谢绝游客参观店铺的更年期妇女呢,我岂不是很尴尬?

我低头看烟斗标签上的价格,努力将欧元折算成人民币。里头传出平稳柔和的法语男声。我寻声望去。一位有着一头银丝、鼻梁上架着眼镜儿、穿着黑色棉质吊带围裙、里面一件款式简单的白色短袖T恤的爷爷走了出来。

一时间,我竟然不知道该聊点啥,因为我并没有想买烟斗或者烟丝,好怕被爷爷嫌弃。在这个不大的店面里,里里外外放着各式烟斗,扫一眼,估计至少有上百把。直斗弯斗都有,大小用料各异。"最贵的是哪个呀?"我自己都很惊讶,居然张口问了这么"暴发户"的问题。爷爷笑了。他从墙上的小柜子里,取下了一根烟斗。正在这个时候,进来了一位身着格子西装但是头发有点凌乱的爷爷。应该是相熟的老顾客了,他们相互聊了起来。

我所有关于烟斗的知识都来自于前几年一次很偶然的采访,认识了一位经营雪茄和烟斗的朋友。某个寒冷的冬天,几个无处可去的单身们,在他的欧式烟斗俱乐部里听邓丽君、喝茶和试烟丝。那时的我试着去理解这种被称为"叼在嘴巴上的艺术",尽管它离我好遥远,不论是物件本身,这种生活方式,还是这一类人。

而眼前这个白发苍苍的爷爷,既享用这个物件也是它的制造者。他的生活方式里有匠人和烟斗客的双重身份。

格子西装爷爷目标明确,不到五分钟就买单走人了。

我幽幽地说明了自己的身份:一个来自中国的游客,瞎逛到此地,对烟斗有一点点的小兴趣。爷爷告诉我说,他曾经就职于一家烟斗工厂,后来自己做起了手工烟斗。这门手艺不简单,而且后继无人。这个问题其实在很多手工行业都存在。年轻人不喜欢,愿意学习和传承的自然少之又少,加上工业化生产已在很大程度上取代了手工制品,收益不佳,难以维系。嗯,我深有同感,连连点头。

我顺势指着柜台后面的小通道问:"我可以进去看看吗?""当然可以,当然可以。请进来。"爷爷立刻把我让了进来。我觉得我们

Paris 一角巴黎

是彼此需要的。一个没什么客人进出的小烟斗店老板,和一个喜欢瞎逛和入室的独身游客,用非母语聊天的最大好处是简单、直接,无修饰、免猜测。我的内心是雀跃的,但还是要矜持一点。

里面是工作室。显然,前店后"厂"的形式让爷爷能兼顾匠人和老板两个身份。没客人的时候,他就在这里做烟斗,客人来了他就上前招呼。

最里面的台式电脑算是工作室里相对比较现代的设备了。其他的小工具、配件、图纸被有序地安放在顺手的位置。"这些是什么?"我指着一些看上去像是废弃物的烟斗零件问他。

"修理,我正在修理它们。"

"哦?还会有人修理烟斗?"

"是的。其实我多数时候是在做修理工作。我更喜欢修理它们。有些烟斗跟着主人好多年了,只是有一点点小问题,修理好就可以继续用了。"

"哦,也是。"

"不一定都要买新的。"他补充说。

是的,"修理"已经让我觉得陌生。坏了换新的,这似乎成了最简单便捷甚至经济实惠的处理方式。修理不仅需要时间,可能还会花更多的金钱。尤其是,很多工业产品质量确实不那么经久耐用,其诞生某种程度上就是"促进消费"的,希望能快点被消耗,新的才能不断被使用。

在跟眼前这位穿戴和言谈都很令人舒服的爷爷聊烟斗的时候,并没有觉得他是位老人。他没有"只是近黄昏"的沧桑感,也没有喋喋不休地提及过来人的"当年勇"。他欣然地接受着变化,但坚持做着自己想做的事情。

畅聊过后,我再三道谢,离开了这家小店。

后来,因为有朋友想买烟斗,我又来过这里。可惜赶上周末,爷爷不在,店门紧闭。我留了字条塞进门缝,可惜他看到的时候我已经离开了巴黎。

穿西装的艺术家爷爷和做烟斗的白发爷爷像是一种提醒,时不时地出现在我的脑海中。我们该如何面对自己的剩余岁月,做一个什么样的老人?我竟然在不到40岁的时候思考起了这个问题。

电影《爱》(*Amour*)里的老夫妇,在平淡而琐碎的日常里从容地老去。中风、偏瘫、卧床不起,岁月在考验老人,也在历练生命。每天仍然毫不马虎的早餐,依然笔挺的服饰,衣柜里被折得整整齐齐的浴巾,以及不变的睡前阅读的习惯……这当然不只是电影,它就是生活。

奥赛美术馆

一角巴黎

艺术的大门不好进

我常常想,旅行的意义到底是什么?

是的,看世界,其实也是看自己。而且在看自己的时候,常常能看见自己的虚荣。

旖旎的风光、诱人的食物、洒脱的行程、高品质的日与夜,那些举着分享大旗的旅行者们不经意透露出来的小清新,令人兴奋且沉醉。

我也是一样的。

一边在社交网络展示着自己的昨天今天明天,一边也在暗地里与自己对话。在巴黎,到处都是美术馆博物馆,信息量之大,真不是这种走马观花的方式能够领略和体会透彻的。我当然不仅仅是为了能够炫耀一下自己进过多少博物馆、看过多少艺术品真迹,我更渴望感受到的是,站在某件作品前那股令人目瞪口呆的力量,那种喜爱和愉悦无法言表,唯有独乐乐。

我只是想看看
世界其他角落的人们
是如何生活的

在奥赛美术馆门口排队

一角巴黎

于是,为自己量身取舍。

巴黎有三大艺术博物馆:卢浮宫、奥赛博物馆和蓬皮杜中心。掂量了一下体力、时间和知识储备,自动放弃了卢浮宫。内心暗想,我一定要为它专程来一次。

奥赛博物馆和卢浮宫隔河相望。正如它的设计者所言:无论画里还是画外,奥赛美术馆把巴黎的艺术气质诠释到了极致。

这栋建筑物的前身是火车站。被完好保留的黄金挂钟既是标志,也仿佛是一件沉默的时间证物。1969年,从这个火车站中开出了最后一班火车,随后车站被废弃。后来,有财团提出将其改建成饭店,而这个计划遭到力排,最后火车站被改建成了美术馆。因为有玻璃拱顶,这里的自然光非常充足。再加上火车站原本的高度,置身其中,感觉非常开阔和自由。

我想象着,如果火车站真的被改成了餐馆,那自然是高朋满座,不过,这座"填补了法国文化艺术发展史上从古代艺术到现代艺术之间的空白"的美术馆,将只能在别处呈现其如此巨大的历史意义了。

我只是想看看世界其他角落的人们是如何生活的

蓬皮杜美术馆

Paris 一角巴黎

我直奔凡·高自画像。

对凡·高，我是从好奇开始的。当年还在做主持人的时候，曾经采访过一位美术老师，她是平静而温和的人，说起话来也很平稳。但是，当我们谈到凡·高，她立刻变成了另外一个人。从她对凡·高的了解程度和喜爱程度，到她对他的人生态度和作品风格的深入剖析，我体会到了一位艺术家对艺术爱好者的巨大影响力。所以对某位艺术家的喜好，不仅仅只针对他的某件作品，应该是一个综合性的时间贯穿，并将其置于国家和历史大背景中进行思考。

第一次看凡·高的真迹是在荷兰阿姆斯特丹的凡·高博物馆。在众多耳熟能详的作品之中，我最喜欢的是《杏花》。不仅因为它独特的画风、浓郁的东方之韵，也因为这幅画是凡·高当年赠与刚刚出生的侄子小文森特的。

第二次感受这位艺术家是在奥维尔小镇，他的墓前。如果说一位伟大的艺术家的作品是无声而充满力量的，那墓地更是。据说当年因为请不起模特，凡·高画了40多幅自画像。我想，画自己恐怕

> 我只是想看看
> 世界其他角落的人们
> 是如何生活的

是最直接而且最残酷的,毕竟,那是真实地面对自己,面对自己的潦倒和孤独。

在巴黎奥赛博物馆看凡·高的作品,他的自画像前人头攒动。来自世界各地想和这幅作品合影的人实在太多了,以至于工作人员都网开一面,只要你即拍即走,不要影响他人,拍照竟然被默许。这令我意外,也有小小的感动。游客之间似乎都心有灵犀,默默地完成自己的愿望,也很体贴地尽量不遮挡住别人的镜头。

艺术作品是时间的沉淀,也因为空间产生了更多可能性。我傻傻地想,如果那一刻,每个拍过凡·高自画像的游客回到自己国度后上传他们的照片,那在世界地图上将会撑开一张什么样的网?艺术作品联结了来自不同地方的许多人。

如果说奥赛博物馆的火车站建筑让人觉得古典端庄,那么蓬皮杜中心外露的钢骨结构以及复杂的管线则让人有酷酷的工业感。空调管路是蓝色的,水管是绿色的,电力管路是黄色的,而自动扶梯是红色的。

蓬皮杜中心内部由工业创造中心、公共参考图书馆、国家现代艺术博物馆、音乐—声学协调研究所四大部分组成。我仍然只抓重点，直奔现代艺术博物馆部分而去。

按下快门，拍了杜尚那件著名的小便池，在那一刻，仍有种不真实感。这件一直以来颇受争议的作品此刻就在我眼前，而且被我定格，锁进了相机，刻在了脑海里。它不再是别人镜头里传递出来的那个《泉》了。我的激动可能正是来源于此，已不是一名游客到达一处旅游景点的那种雀跃了。

法国艺术评论家卡巴纳在 1966 年对杜尚的唯一一次访谈，后来归总成《杜尚访谈录》(*Dialogues with Marcel Duchamp*)。他说，了解杜尚是了解西方现代艺术的关键。小便池固有的属性是我们熟悉并认定的，但一旦改变了安放的位置，它就被重新定义了。成为一件艺术品的关键不是"为什么"，而是"在哪里"。这是一个很有趣的思维方式，改变了我们常见的对艺术品的认知。

见到作品前做的功课是，它是什么，它在哪里，它有何价值和

> 我只是想看看世界其他角落的人们是如何生活的

蓬皮杜美术馆的电梯

意义。而置身其中，看到了作品本身，直接面对的是大小、材质、颜色和痕迹。从一个很空泛的概念和间接的评价中走出来，萌生了属于自己的最个人的直观感受。

作为女生，对于男用小便池，我当然是很陌生的。只有在装修建材市场和某些女士洗手间无意间瞥见过，后者当然是为了方便带着小男孩儿的妈妈的。生活中更没有近距离"观看"它的机会和理由。在艺术馆，围绕它走几圈，拍照，甚至思考，还时不时地变换表情,我想这样的体验是很独特的。

我曾就"看不懂"这个问题咨询过几位艺术家,其中最让我记忆深刻的是,"为什么一定要'懂'?"这确实是一个绝妙的回答。是的,在艺术品面前发出"看不懂"之类的感叹,一方面是划清界限,与"非正常"的界线,大致意思就是,你们这些人搞的东西,我们普通老百姓是看不明白的——艺术家都是神经病,而我们是正常人。另一方面,似乎"看不懂"也仍是在看的过程当中,也仍旧在不断地寻找钥匙,打开艺术大门的钥匙,打开不同思想的钥匙。

我只是想看看
世界其他角落的人们
是如何生活的

在波尔多的住处

无酒的波尔多

> 我只是想看看世界其他角落的人们是如何生活的

没有参观酒庄就没到过波尔多?

2015 年 7 月 14 日 / 法国波尔多 / Cécile 的家

从巴黎到波尔多,我乘坐着稳稳的火车,体会着身心的安静。完全不像奔波的旅行者,仿佛是个熟门熟路的流浪人。在不断变换的风景中,不停歇的旅途里,才见真正的自己。我开始细读阿兰德·波顿的《旅行的艺术》。他说,"实地旅行同我们对它的期待是有差异的",我非常赞同。我也时常提醒自己,不要带着预设出发,才能迎接各种意外、挑战和美好。

到站,下火车,上了有轨电车,毫不费力地找到住处的那条街。可是,怎么都找不到 175 这个门牌号。174 和 176 都在,那么 175 就该在它俩中间。这简单的逻辑,把我指引进了一条小巷子。面前好多扇门,可我不知道在几楼,也不知道是哪间。

打通了电话,女声,一长串的法语,音调好像电话录音一样。来回问了好几遍才知道,她就是房东大姐 Cécile。她居然不会说英文。

Bordeaux

无酒的波尔多

房东修剪了遮住门牌号的植物

我只是想看看世界其他角落的人们是如何生活的

波尔多的房东大姐带我逛超市

Bordeaux 无酒的波尔多

作为把房间短租给世界各地游客的房东，她是怎么和租客沟通的呢？我满脑的问号。"有人会说英文吗？"我问。她叽里咕噜了几句，一个男声出现在电话那头。我如遇救兵。他是房东大姐的大儿子，他说他下来接我。一分钟后，他出现了。原来我没走错，是爬藤植物把门牌号给遮住了。

他帮我把行李拎进了房子。接下来的几天，我将和他们一家人共同生活啦。我按照惯例，向房东大姐自我介绍了一番。可是她并没有介绍她自己，而是把我带到了"我的"房间里。她难道不应该先带我看看房子，看看厕所在哪里、厨房在哪里、哪里能动哪里不能动么？完全没有啊。我心里嘀咕着。当然我明白，可能她没听懂我的"自我介绍"，或者她听懂了，但不知道怎么回应。她和大儿子说了几句，然后请他翻译给我听。今天是法国国庆，河边有烟花，他们想邀请我去看。简直太棒啦！我当然毫不犹豫地点头说好。

然后，他俩就转身去了其他房间。

从书桌和衣柜以及书架猜测，这应该是房东小儿子的房间。我

我只是想看看
世界其他角落的人们
是如何生活的

购物清单

Bordeaux 无酒的波尔多

看着这张小床,有种很特别的感觉。第一次来,当然是陌生的,但是又好像是在自己家一样放松。

在这里,一切都是自助的,也是自如的。家里不算整齐,吃穿用度的物件儿非常随意地摆放着。看得出来,他们并没有因为我的到来而特意收拾什么,这应该就是他们最自然最真实的日常状态。

晚上9点半,天依然亮着,我、房东和她昵称为"11"的小儿子三人如约去了河边。这样的活动通常人很多,塞车是必然的,停车也会很麻烦,所以房东大姐没开车。不过,即便是乘坐有轨电车也是人挤人。要不是被金发碧眼、高个翘臀的乘客包围,我都忘记自己是在哪里了。这拥挤程度不亚于中国一线城市的上下班高峰期。

11真是个暖男。他一直在和妈妈聊天,语气平和舒缓。内容虽然不详,但是能感觉到是如朋友般地平等对话,不是家长教导孩子,也不是孩子表达诉求。俩人嗡嗡嘤嘤说了一路。在聊天的过程中,11会时不时地看看我,确认我没被挤丢。车启动或者停下的时候,他会用手臂护着我。说实话,我还从来没被这么小的男生保护过。

快下车的时候他戳戳我,示意我跟紧他们。这场面,和谐而温馨。

站在河边,看烟花四起。夜色里,有人喝着酒碰杯欢呼,有人跟着变幻的光线鼓掌雀跃,有人和亲朋低声细语。我不知道有没有像我这样的:游客,刚到,和当地人来此欢度国庆——他们的国庆。我既在此地此景中,又不在。N年前,西湖边的烟花会,有我。时空景致都不同,却是硬生生地相连着。

回到住处,我开始计划第二天的行程。

虽说波尔多是著名的葡萄酒产地,但是此番我并没有十分强烈的愿望去酒庄。一来我不会开车,二来我不擅品酒,但总有个声音在耳旁环绕:"来都来了……"

于是我开始联络朋友,试图寻找司机兼导游。辗转四个弯儿,终于联系到了一位。年轻人也挺直接,先是指责了我,不提前做行程不预约,旺季想临时找导游和司机,怎么可能?!然后,他试探性地问我是不是刚毕业的大学生,怎么如此没有经验没有计划?字里行间一副专业人士的酷样。

Bordeaux

无酒的波尔多

　　我当然不在意他说什么，因为酒庄本来也不是我的必去之地。于是我在微信上有一搭没一搭地回应着，并未及时回复。没料到对方忽然写了一串："反正我离你也不远，要不你今晚来我这里过夜，明天我免费给你当司机加导游。"还以为自己眼花，定睛仔细看了两遍，确认无误之后，我仰天大笑了几声。

　　我删除并屏蔽了他。再没和朋友的朋友的朋友提起，也没多想。世界是多样的，有需求就有市场，有些事情我不认同不接受，不代表它不存在。就当长见识了。虽然有一秒钟的恶心和尴尬，但是，过去了。对他，以及类似的人和事，我只能尽量理解。

　　去厨房找房东大姐的大儿子，他在等微波炉里的食物。我问他，离你家最近的酒庄在哪里。他的回答也令我惊讶，他居然不知道波尔多生产葡萄酒！我的天呀，这就类似于你问一个22岁的北京男生长城怎么走，他告诉你他不知道北京有长城！

　　回到房间已经是凌晨了。从客观上说，这一天已经翻过去了。新的一天已经到来。从离开巴黎到入住这户人家，所有的一切都不

我只是想看看
世界其他角落的人们
是如何生活的

47 岁的房东大姐和 11 岁的小儿子

Bordeaux　无酒的波尔多

是我预设的，我已经开始习惯并享受迎面而来的每分每秒。旅行不就是这样充满了变数吗？

旅行也包括那些所谓的"应该"。房东大姐不会英文，但也不影响她接待了我并像家人一样带我去夜观烟花。即使是不了解家乡特产的大儿子，也是一位不折不扣的热爱生活、积极向上、土生土长的波尔多宅男。这个家有些杂乱，也仍然给我带来了自在的、舒服的住宿氛围。

我想，我固有的观念需要改变了。或者，它已经在变了。

我只是想看看
世界其他角落的人们
是如何生活的

我炒的饭

Bordeaux　无酒的波尔多

我终于忍不住炒了一顿饭

不得不说，我非常喜欢 Cécile 家的厨房。七八平方米的空间里，不仅容纳了多灶头煤气炉、洗碗机、三门大冰箱，还有烤箱、微波炉、面包机，再加上储物柜、餐桌椅，真可以说是一应俱全。光是各种功能的锅具，大大小小的就不下十口。关键是，几乎相当于一整面墙的大窗户，无论是下厨还是用餐，眼前都是如画的风景。而且，在不远处的铁轨上，每隔一段时间就有几节车厢驶过，或快或慢，为这幅风景画增加了动感。

说好的"像当地人一样生活"，于是，我决定给自己做顿早餐。

房东大姐说过，冰箱里的食材我可以随便使用，可是在我看来，能用的食材并不多。因为好多材料看上去都已经濒临过期，而且由于保存和放置不当，我实在不敢随便乱动，于是只好用非常有限的材料完成了早餐的制作。

面朝大窗坐下，默默地吃起来。天空很晴朗，白云如轻熟女，

我只是想看看世界其他角落的人们是如何生活的

波尔多圣安德烈教堂

Bordeaux 无酒的波尔多

飘得很优雅。草木都未动,此刻没有风。时间、空间,凝固或静止了。

就这样美好着。我不禁想起自家的饭桌来。妈妈每天都在忙着做那三顿饭,从买菜到清洗、烹饪再到吃完收拾妥当,每一餐都是完完整整的,丝毫不马虎。完成一顿稍事歇息,就又要准备下一顿了。她充实,甚至忙碌,但是,忙得没有了自我。

而房东大姐似乎属于另一种类型。

她有固定工作,但是这份工作并没有令她早出晚归、疲惫不堪。她有足够的业余时间来处于休闲状态。如果以我国对家庭主妇的标准来衡量的话,她显然不太合格。四房两厅两卫双阳台,仍然不能满足他们的需求,收纳方面的缺陷暴露无遗。

客厅的地上到处都是鞋子,以至于我刚到达的那一刻,愣了至少一分钟,不知如何下脚。厨房里,调料瓶东一个西一个,随意出现在各处。冰箱里被塞得满满的,生熟混放,包装散落,让人不忍下手。碗柜里,杯盘碗们别别扭扭地叠着,好像随时会掉下来。其实,不用5分钟就能让这些东西各就各位、让厨房变得整洁有序的。另外,

我只是想看看
世界其他角落的人们
是如何生活的

房东小儿子的画作

Bordeaux 无酒的波尔多

阳台的花草枯萎的占了多数,我悄悄地拔掉了一些,并默默地浇了水。我住的是小儿子的房间,书桌上散落着他的荣誉证书、玩具和教科书。

大儿子的作息很规律。每天傍晚从自己的房间出来,来到阳台上卷小烟卷抽,半夜 12 点在厨房热微波食品吃。一般不发出什么声音,基本搞不清楚他是否在家。在和他偶尔的交谈中了解到,他正在学电脑,考资格证的那种,希望可以找到相关的工作。他会点简单的英语,是三人中唯一能和我用语言沟通的。

小儿子正值暑假,每天从睁开眼开始打游戏直到睡觉,大约从上午 10 点到凌晨 1 点左右。他戴着耳机,两台电脑屏幕并排放着,可能是和好朋友联网的,时不时地向对方喊几句。我只见过他吃薯条。他体型正常,不胖不瘦,眼睛大大的,头发浓密有光泽。我有小问题需要他帮助的时候,他会摘下耳机跑过来帮我解决,冷静而友好。

他们仨像是独立的星球,互不干扰和妨碍。从来没听见房东大姐就他俩的饮食起居有任何的管理,更没有指责。最多也就是告知或者询问,比如:我去上班了,你锁门;我去超市你们去不去?我

我只是想看看世界其他角落的人们是如何生活的

做点烧烤你们吃不吃?

所以,我几乎都是独自享用这个厨房的。除了自在开怀之外,我也很纳闷儿。这一家三口为啥都不在一个时间吃饭呢?他们三个"用餐"都非常随意,谁饿了就去厨房薅点东西吃。"难道,你们都不一起吃饭的吗?"这个问题简直呼之欲出,可好几回话到嘴边又被我生生地咽了下去。不能简单地评价这个家庭主妇如何,这个家庭如何,更不能用我认为的标准来判断他们。

随着时间的推移,我已经由最初的不习惯、好奇变成了自在。因为语言不通,反而让我可以做到仿佛不存在一样地存在。我开始慢慢学习用客观的视角来观察和理解他们。是的,这就是远在法国波尔多的一家三口,日子稳当平静,各过各的,而且,没有"正"餐。

我忽然萌生了一个念头。做个炒饭邀请他们吃,不管谁都行。

傍晚,逛完超市,我抱着菜回到家,只有小儿子 11 在。我问:"你妈妈呢?"他说:"去上班了。"我继续问:"几点回来?你吃饭了吗?"他摇摇头,然后戴上耳机继续打游戏。

Bordeaux 无酒的波尔多

平底锅里，圣女果、香肠、青椒、虾、小生蚝和脆瓜依次翻腾。三下五除二,这"内容"丰富的一锅炒饭就完成啦,颜色搭配也算靓丽。我扯开嗓门对11喊：" 先生！先生！"3秒钟的安静后,11跑进了厨房,面无表情地看着我，好像在等待我的指令。他可能以为我想让他帮忙找什么东西吧。

我朝他笑笑,指着盘子里的炒饭说："试试我做的食物吧。"我想,他要么舍不得放下游戏而断然拒绝,要么不好意思而扭捏推托,或者,很吃惊、很意外、很开心,毕竟是美食当前嘛!

结果都不是。

他仍然面无表情。他很淡定地坐下，拿起叉子，开吃了。既没小孩子见到食物的欢天喜地，也没大人的客气多礼，就是很扎实地一口口吃下去。

相比之下，我反倒不知如何是好。从吃饭的速度上判断，他是喜欢的。但是从他的神情里完全看不出来。我也吃起来。我们安静、无语，大概过来七八分钟，11乖乖吃完饭，端着盘子站起来。我以为他没吃够,问他"还要么?"他叽里呱啦连比带划地说着,我一直没明白,直到他指指水槽我才知道,他是问我:"要洗盘子么?"我忽然有种"这到底是谁家呀"的疑问。哈哈,我这是反客为主了么?

这一幕结束了,我心里美滋滋的,开始收拾残局。小男孩估计蒙了。这租客也太奇怪了,非要给他做饭吃。

哥哥不知道啥时候回来了,又或者他一直都在家。他走进厨房,连声感谢我给他弟弟做吃的。我自然是很东方、很内敛地和他寒暄了几句。他从柜子里拿出一大袋薯条给我看,说弟弟平时都吃这个。至此,我确认了弟弟应该对我做的炒饭很满意。毕竟,算是吃了一顿正式的晚餐,比起那些薯条来。

收拾停当,房东大姐回来了。两个儿子和她交流一番后,她特意来向我道谢。然后,她自己微波食物走起。

一切都是习惯。习惯就是一直以来都那样。他们形成了他们的习惯,他们相互之间的相处习惯,他们在这个空间的生活习惯,他们对待自己的习惯。

Bordeaux

无酒的波尔多

我在我喜欢的厨房炒了饭，还分享给了 11，我很开心。

夜晚 10 点多了，天还没有黑透。我坐在阳台上翻看相机里的照片，顺便写下只言片语的游记。哥哥在我对面，又抽起了他自己卷的小烟卷儿。我们有一句没一句地聊着。我说我有几个问题想问，有空就会写邮件给他妈妈，麻烦他帮忙翻译，他说，好。11 依旧在房间里打游戏，房东大姐在一旁烫着衣服，不远处的铁轨上，又驶过一趟列车……

房东大姐下班后在阳台上烧烤

我只是想看看
世界其他角落的人们
是如何生活的

烈日下的蔬果摊

Bordeaux 无酒的波尔多

It Is My Pleasure

下午两点的广场上没有任何遮挡,太阳火辣辣地射在来来往往的人身上。他们也不躲,也不疾行,就是悠悠然地走着,没有对热辣产生任何异常反应。居然,也没有人汗流浃背。

我站在一小片阴凉里,迅速扫描了下周围的地形,找准方向并确认目标,然后三步并作两步直奔这家餐馆。选它的原因主要是外摆的地方不会被晒到,又能看到广场所有的景色和行人。

坐定,发现真的是选对了。不仅不晒,服务生还会说英文。而且,沙拉够素,有 Wi-Fi,价格也不贵。非英文的菜单点起菜来有点麻烦,但是有图片嘛。作为不纠结的旅行者,我非常喜欢并欣赏我自己点餐的这股子利落劲儿,一般从坐下到吃上,不会超过 10 分钟。

面前这盘沙拉,有胡萝卜、生菜、土豆、橄榄、鸡肉、芝士、西红柿……种类多,分量大,加上鸡肉的做法,无疑是我这几天吃到的最满意的沙拉。以至于我先是喝了白水,又点了杯啤酒,吃完

> 我只是想看看世界其他角落的人们是如何生活的

一切之后还额外叫了一杯黑咖啡。不难看出,我是多喜欢这家店的食物。

美美地用着店里飞速的 Wi-Fi,研究着地图,看着过路的人们和两百米外的教堂。

你可以想象,在一个教堂的广场上,望着蓝天吃着沙拉发着呆是个什么样的情景。时间又一次不重要了。我不用着急起身赶路,因为没什么可赶的。我也不用吃完快点买单,因为还有大把的位置,丝毫没有旁边站着的人虎视眈眈带来的压力。更不用担心没做完的工作或者作业,因为它们在此刻都是不存在的。

钟声再次传来。我竟然在这里吃了一个多小时。

实在没有什么理由继续待下去了,于是磨蹭着准备离开。

买单的时候,我和服务生说,我想去洗手间,可以把相机放在柜台么?他非常坚定地说:当然可以!并竖起了大拇指。我猜想这是一个增加信任的动作,意思是,当然可以,请你放心,很安全。

当然,我也不经常这么做,因为让人信赖的人并不那么多,再

Bordeaux　无酒的波尔多

者信赖这件事也常常令人犯错误。我的大胆很多时候来源于直觉，作为一个能够"责任自负"的独立人，所有做出的判断都是要自己承担结果的。如果相机丢了，或者服务生不认账了，都是自己的错！那一刻我真的很信任他。

我从厕所出来，服务生正在算账，相机安好。果然，这顿饭的价格是我满意的，沙拉、啤酒、咖啡总共才10.4欧。我从包里掏出卡，他说他店里只能刷本地卡。我说没零钱，都是大额的。他非常认真地对我说，你带这么大面额的钱在身上是不安全的，而且，你不能让别人知道你有这么多钱在身上。

我说，那只是个玩笑——因为你说有零钱吗？我回答说只有更大的。这是个玩笑。他完全没笑，扭头去隔壁换零钱了。

我回味着他刚才说的话。这个个头不高、瘦而不弱的男子看不出年龄，做事果断利落，干活像员工一样熟练，语气像老板一样坚定。他和我对话的态度是认真的，观点是正确的，道理当然也是我懂得的。

三分钟不到他就回来了，笑着说："不是问题，不是问题。"顺利找零给我,买单程序结束。他问:"你来度假?"我说:"是的。""你一个人?""是的。""哇!注意安全,注意安全!"我忍不住又和他开玩笑:"很安全,我每天9点就回住处!"哈哈哈,这回他笑了。因为这里到晚上10点都不会天黑。他明白了我的意思,还了一个玩笑给我:"你每天9点就回去,那还不如别出门好了。"然后补充道:"你知道在波尔多很多人喝酒的,晚上不安全,你一个人还是要注意。祝你有个愉快的假期。"

我说:"谢谢你刚才关于钱的提醒。"他礼貌地说:"It is my pleasure."

酒足饭饱,带着咖啡香离开餐馆。我在遇见美食的时候遇见了信任。

忽然想起在巴黎开烟斗店的那位老爷爷,他说过,做烟斗不仅仅是因为钱,更多地是因为想法。而且他不仅仅做烟斗,还修烟斗,让那些坏的东西重新好起来。他说这个不是 work（工作），而是 pleasure（愉悦,下文同）。

Bordeaux　　　　　无酒的波尔多

我开始思考"pleasure"这件事。它似乎已经被滚滚红尘里那些物欲给吞噬了。什么才是真正能够让你觉得快乐的事情?是超越价格本身,关于价值的那部分。

服务生完全可以不提供 Wi-Fi 密码给我,可以说没厕所,可以不用和一个外国人用英文别扭地聊天并给出关于人身和财产安全的提醒。因为,即使他不做这些,也不会影响店里的生意。我不过是个旅行者,恰巧路过此处,他不用在意我是否会成为"回头客",也不需要我为他们"拉生意"。他提供的这一切于我而言都是超值的。

我念念不忘的烟斗店也是。我凭什么占用那位爷爷的时间和他聊天?凭什么可以随便拍照?凭什么可以走进柜台里面去看工作室?我并没有露出丝毫想买烟斗的意思,一点点都没有。我并不是他的生意。一切得以如此,只因为他觉得这是他的 pleasure。

那么,什么是我的 pleasure?我曾经的 pleasure 还有么?在哪里,是什么?

你呢?你还有么?

P.S.

后来我才知道，我坐着吃饭的这个广场是一个农贸市场，名叫 Marché Saint-Michel，也是一个二手交易市场，在每个周二、周六的早晨开放。显然，我没赶上市场开放的时间，但是，似乎我也并没有错过什么。

转弯去了巴塞罗那

我只是想看看世界其他角落的人们是如何生活的

他们都来自阿根廷

2015 年 7 月 21 日 / 西班牙巴塞罗那 / Julieta 的家

本来是计划往北边走，去德国、丹麦、捷克方向，但是离开波尔多的前夜，我手贱刷朋友圈，看见有人在晒西班牙巴塞罗那的照片。不知为何，这些照片竟撩拨起了我的心弦。西班牙、葡萄牙在我心目中和英国一样，应该特别拿出时间和心情小住时日，而不是蜻蜓点水。但此刻，其实我离西班牙已经很近很近了。

于是，我预订了一间巴塞罗那的公寓。

选择 Julieta 的家理由非常简单：第一，他们居住在一个环保社区；第二，两人均从事艺术工作，而且都爱旅行。

从波尔多到巴塞罗那一路无话。

巴塞罗那比我想象中的要"宽敞"很多，建筑不那么高，街道也不那么"紧凑"，寻找 Julieta 的家也是轻而易举。从地铁出来凭着直觉就走对了方向，然后就到了 Julieta 家所在的那条街。小路有点

Barcelona

转弯丢了
巴塞罗那

仪式中的小鼓手

我只是想看看
世界其他角落的人们
是如何生活的

徽章集市

转弯去了
巴塞罗那 Barcelona

坡度，我拖着箱子一通闷头疾行。再抬头看门牌的时候，只见一对个子不高但是很精致般配的男女站在公寓大门口，一副正打算开门但是对我很好奇的架势。

是的，这就是 Julieta 和她男友。可能是因为太安静，我拖着箱子的声音引起了他俩的注意。

Julieta 说："太好了，正好遇到你。因为再过一小时，我就要和男友外出旅行了。"我心想，竟然这么惊险？"那如果我没有按时到达呢？"我问。"哦哦，没关系。如果那样，我们将把你托付给我们的朋友 Tina，这几天她和你一起住。"

说话间，Julieta 的男友已经利落地把我的大箱子扛到了二楼的家门口。

这个二楼相当于三楼，而且没有电梯。每级台阶都挺高的，跟着他俩一口气走上来，我的呼吸变得急促。老式公寓窄窄的，一梯两户。进了她家的门，就是三平方米见方的小客厅。

Julieta 的男友光着膀子，身材不壮，肤色不白。乳环在第一时

我只是想看看
世界其他角落的人们
是如何生活的

房东的家具是捡来的，每张椅子都不同，桌子是用废弃的窗户做的

Barcelona 巴塞罗那 转弯去了

间成了我视觉的焦点。出于礼貌,我试图移开视线,但是已经晚了。我毫无遮掩地表达了我的好奇心。我们仨互相微笑了一下,尴尬还没形成就被化解了。

Julieta 说:"我先带你看看房间吧。"这套房子很规整,每个房间都方方正正的,层高比我们住的一般的房子高很多,大约有 3 米以上。阳台外头有一座天井,能直接看见邻居家,抬头能看见一方蓝天。

"我的"房间没有窗户。后来发现,三个卧室都没有能看得见户外的窗户。一张 1 米 5 的大床,橙红色的床上用品,火辣辣的感觉充斥着整个房间。一张窄得只够放台笔记本电脑的小书桌贴着墙,上面整齐地摆着巴塞罗那地图、房门钥匙和小风扇。墙上挂着个巨大的凸透镜,就是街道的转弯路口常用的那种。这就是我房间的全部。

不一会儿,Julieta 就要和男友出发去旅行了。我仍在适应中,在各个房间走来走去。我发现,每张沙发都是不一样的,桌子也好像是用一扇旧窗户改造而成的,墙上挂着素描习作和摄影作品,地

我只是想看看
世界其他角落的人们
是如何生活的

在巴塞罗那住的公寓里，房东的绘画工具和作品

Barcelona 巴塞罗那 转弯去了

上的马赛克旧旧的,但是很好看。

Tina 的房间和我的房间相对,中间的走廊仅有一个半人的宽度。所以,其实,我们的门距离非常近。她在房间里折衣服,我靠在我的门边和她聊天。

"你会在这里住几天呀?"

"不知道呀。先找份工作,然后再说。"

"找工作?你不是来旅行的吗?"

"哦,我和 Julieta,还有她男朋友,都是阿根廷人。他们在这里工作。我也来到这里。"

为什么要大老远地从阿根廷到西班牙来工作?房东小情侣具体从事什么工作,可以如此潇洒地去旅行?这套房子这几天还会有其他旅行者来住吗?这没窗户的房间会不会很闷热啊?

我的意识里瞬间淌过好多问题,都忍住了,但却八卦起了房东的男友:"你知道吗?租房信息里好多人留言说,Julieta 的男友人很好。我刚才见到他,注意力都在他的乳环上了,我好没礼貌啊。" Tina

笑了,说:"没事的。他们两个都很喜欢'环'。Julieta也有乳环。""啊?那以后给孩子喂奶怎么办?"我俩都笑了。

和Tina聊天很舒服。我常常会因为词汇量的问题而卡壳,但她都能及时地明白我的意思,帮我表达清楚。这使我迅速习惯了和她的对话,以至于都忘记了她的母语是西班牙语。

一天以后的傍晚,我回到公寓,看见Tina和一个男人边喝啤酒边聊天。她介绍说,这是她的"朋友",也从阿根廷来,现在在酒吧当服务生。Tina的朋友和Tina个子差不多高,他光着膀子,身上没有"环",但是有刺青。刺青是好看的那种,不是吓人的那种。客厅的墙边竖着一个装吉他的琴盒。

他俩嗡嗡嘤嘤地聊着天,说的西班牙语很好听。偶尔大笑的时候,快乐的情绪像是好多个氢气球,飘散在公寓的各个角落里。

Tina说,这位朋友邀请我们去他的住处玩。他那里也是合租的,但是有个大露台,夜景很美。我有些迟疑。7点了,来去往返的,回来不知道什么时候了。但是不到一秒,我就嘲笑起了自己。出来

Barcelona 巴塞罗那 转弯去了

旅行,又不是商务洽谈,时间不就是拿来"浪费"的么?不是所有的旅行都能如此近距离地和当地人一起"生活",我在纠结什么呢?

于是,晚上9点,我们出现在了另外一座公寓里。他俩在厨房忙活,我在露台等饭吃。这里是顶楼,微风习习,眼前开阔,毫无遮挡。房子离大马路有点距离,没有汽车的喧嚣,周围也没什么人,夜很静,但是不孤独。

不一会儿,他俩就从厨房里端出三个盛满食物的盘子。土豆泥蔬菜培根沙拉,还有,白葡萄酒。我像是在见证什么,又像是半隐身人。在碰杯的时候,是我们仨,其他时候,是他们俩。

这是一种奇妙的格局。

我品着面前这盘食物,这两位年轻人,大晚上的,浑身冒汗地在厨房里做出的饭。他们丝毫不马虎,也不着急。食材本身便宜,够吃饱,味道好,不花哨。我细细咀嚼,尽量慢地感受它们的滋味。

在那位朋友偶尔进房间取东西、添菜等小空档,Tina和我聊天。我在这些时间的缝隙里吸收着信息。朋友在阿根廷的时候是做音乐的，甚至有自己的乐队，现在在巴塞罗那的一家餐吧做服务生。

房东 Julieta 是学音乐的，现在做厨师。Julieta 的男友在阿根廷学的是美术，现在在海边给人画肖像。Tina 学的是平面设计，她正计划在餐馆找份工作，先落下脚来。

这四个年轻人都来自阿根廷，在自己的国家所受的教育都与艺术、设计相关。他们大老远地来到巴塞罗那，直达航班都要飞 18 个小时，经停航班更得飞 34 个小时左右。这样的时间长度，我都从香港飞到巴黎了。

是什么令他们如此渴望离开，且奋不顾身？

Barcelona 巴塞罗那 转弯去了

室友 Tina 和她阿根廷的好朋友一起下厨

我只是想看看
世界其他角落的人们
是如何生活的

在地铁站里吹奏的中国大叔

Barcelona
巴塞罗那

转弯去了

人在他乡

我知道，这是一个何其老派的题目，但实在无法替换。

来巴塞罗那才两天，但已不想离开。我不知道这座城市吸引我的到底是什么，或者，吸引我的恰恰就是这种未知。

这样的行走来不及消化。7点钟，我伺候自己吃完早餐，还是决定把这篇文字写完再出门。我相信，今晚回来又会有新的故事需要记录。

我坐在阳台的皮椅上，用木凳搁脚，把笔记本电脑摊在腿上。地上的瓷砖整齐得好像列队的士兵，也像是宫廷里等待乐师的舞者。背后的天井里时不时地窜出小风儿，随风飘来邻居们的洗漱声和偶尔的话语声。楼下的广场上不知为何这么早就已经锣鼓喧天。我开始回忆昨天在地铁站遇到的那位大爷。

傍晚时分，我从沙滩回住处，转车时途经一条长长的走廊。上午来的时候这里人很多，空气流通不畅，闷得很，此刻稍微好了些。

> 我只是想看看世界其他角落的人们是如何生活的

隐隐听到笛声,很悠扬。演奏得很短,像是在试音。转弯就看见了吹笛子的人,东方脸,金丝边眼镜,条纹短袖衫,牛仔裤,白色系带运动鞋。旁边放着小马扎和打开的琴盒。

随着人流,我已经走到了他身边。他正在调二胡,说:"你好。"我忙回:"你好。"回答他的时候我并没有停下,甚至没有放慢脚步,因为我想着要早点回到住处。我已被无数次地提醒要注意安全,特别是在巴塞罗那。

走了不到30步,我听出来大爷演奏的是《铁血丹心》——电视剧《射雕英雄传》的主题曲。我边走边想,要不要停下来听完再走?要不要转身回去站会儿?会不会不太好?也没什么大不了,又不会赶不上车。3秒后,我停了下来,逆着人流慢慢地移回他身边,站定,聆听,并拍了照片,录了视频。他仍自然而潇洒地继续演奏着,丝毫没受影响。

他在走廊一侧拉着二胡,我在他斜对面举着相机拍摄。两个东方人在这里,一个演一个拍,"金发碧眼"们从中间不断穿梭。有人

转弯去了
巴塞罗那
Barcelona

好奇地看着我们,搞不清楚状况。

大爷说"你好"的时候,我猜测他是台湾人。等他奏完,我微笑着上前说:"《射雕英雄传》!"他说:"你知道这个曲子?"我转而猜测他是上海人。"您拉的真好听。我喜欢黄蓉和郭靖。""是(si)吧?喜欢就好喜欢就好,没想到在异国能听到《射雕英雄传》吧?"哈哈,他说"是"的时候是典型的"si""shi"不分,应该就是上海或周边区域的。

"您是哪里人呀?""我丽水的。""哦哦哦,我是杭州人。""老乡啊,老乡。你一个人来玩啊?"说着话,他已经停下了演奏。我很怕影响他的生意,连忙说:"是的是的,我一个人,您继续。"他换成笛子,吹起了《一剪梅》。

我又继续回到他对面,拍视频。

听《射雕英雄传》主题曲的时候,我的心情是"心潮澎湃"的,那是我最喜欢的电视剧之一。《一剪梅》好忧郁,好哀伤,隐隐地想流泪。"卖艺"这个词竟然浮现出来。当我确认我的第一位采访对象是一位来自美国的街头艺人的时候,为什么内心充满了好奇,并未觉得很惨?而此刻,面对面前的这位大爷,为何我却有了这样的感觉?是因曲子的风格不同,他们的状态不同,还是因"老乡见老乡"?

曲终,我鼓掌,说:"真好听!"

他继续说:"你自己玩,要注意安全啊!"一秒钟的停顿后,好像又想起来什么似的,他站了起来,看着我说:"你的包包,你的包包要小心啊。"他上下打量着我,而我任由着他打量,像扫描一样地打量。

他"扫描"完我之后,说:"你这样背包是安全的。包又小,放前面。'抠'(可)以的啊。"

我笑了:"放心吧,好多人提醒过我,这里小偷比较多。""'si'的'si'的。不过你小心就好,他们还是很文明的。如果你当场抓到小偷,他们还是会把钱包还给你的。如果你自己小心,他们也不会抢。总体比较文明。"停顿了一下,他又问:"你住哪里的?"

呃,我不会说那个地名。"在L3线附近的一个地方。您为什么

转弯去了
巴塞罗那
Barcelona

来这里?""哦,我太太过来了,我就一起来了。喜欢这个,拉了好多年琴,老外喜欢这个乐器。"

……

我们聊了挺多的。我真的不忍心再耽误他的时间,毕竟在这个黄金时间段,人流量还算挺不错的。老外没可能给两个蹲地上聊天的人扔钱吧,如果连个音乐都没有的话。

我们聊了在街头卖艺的手续问题以及关于他的一些浅浅的情况。我决定快点离开,他看起来还想再说几句。我说:"不影响您了。祝您健康,快乐。"他手里握着二胡,仰头看着我说:"祝你顺利!"

我,径直走了。

我想回头,但是忍住了。琴声继续,但是听不出来是哪首歌曲。在转弯处我停下了,琴声没多久也结束了。我等了两分钟,应该更长,声音没再响起。他在休息?在换乐器?还是在和行人交谈?抑或其他?不知道。

我继续向站台走去。我想起了那些"海"着的人们,"海"了没归的,

> 我只是想看看世界其他角落的人们是如何生活的

归了又"海"的,还有当年也差点"海"了的我。如果随着人潮也"海",如今又是什么情况?真的不知道。

在这巴塞罗那的地下铁通道里,有《射雕英雄传》和《一剪梅》。

Barcelona 转弯去了
巴塞罗那

Tina 和我

房东小情侣不在的日子,这套三房的公寓就只有我和 Tina 住。我每天七八点钟起床,做早餐,收拾妥当,然后出门晃荡,晚上基本都是八点多回,顺便买回第二天烹饪早餐所需的食材。自然而然地,我有了自己的规律和节奏,仿佛一直生活在此地,而不是短暂停留的旅行者。

早上出门的时候,初升的太阳将光线从树叶的缝隙里射过去,有的落在了墙面上,有的落在了街道上,有的落在了行人的发丝上。这束光是我的朋友,开启我的每个早晨。傍晚时分,我总会在公寓对面马路边的超市购物,渐渐熟悉了各种商品摆放的位置,甚至露出了此地"老居民"的姿态。从超市出来,还会被当成当地人问路。

Tina 和我的交集并不多。我出门她睡觉,我睡觉她出门。头两天,我甚至还想,没准儿她是个长得好看又随意挥霍青春的姑娘。白天睡觉晚上出门,到底在忙些啥呢?

我只是想看看世界其他角落的人们是如何生活的

在西班牙的阿根廷姑娘 Tina

Barcelona 巴塞罗那 转弯去了

某晚，我一推开房门就听见手机里传出来的流行音乐声，节奏轻快，Tina 和着音乐一起哼唱。听见推门声，她从厨房出来，露出标准的八颗牙微笑，然后，与我拥抱和亲脸。这个动作是我在欧洲截至目前的这段日子中接收并喜欢的唯一的一个，我不认为这是她必须做的，也不认为她会和任何人都这样做。在情感层面，虽然我俩每天见面的时间并不多，但是只要我回来，她都会这样做，我甚至已经习惯了，回应她也变得自然起来。在技术层面，所谓的亲脸其实就是她的半边脸颊和我的半边脸颊轻轻一碰，然后她从嘴巴里发出"啵"的一声。

她正在厨房里做饭，手机放在客厅的小桌子上。小计时器放在灶台边。厨房和客厅之间有一扇没有遮挡的空窗，传递食物、流通空气、传播声音都很方便。"你吃晚饭了吗？" Tina 一边煮意粉一边问我。我回答说："还没有。"她又露出八颗牙，微笑着说："试试我做的意粉吧。对了，冰箱里还有啤酒。"

我二话没说，欣然接受。

我只是想看看世界其他角落的人们是如何生活的

Tina 自制的晚餐

Barcelona

巴塞罗那转弯去了

喝小酒儿、吃意粉都是其次，我最想做的事情是：提问题。

我端着电脑进了厨房，在小方桌前坐下，翻出采访提纲，拉开了架势。Tina 了解了我的企图，笑着说："需要我怎么配合？煮面需要 7 分钟，我们先来吧。"

"为什么要来巴塞罗那？"

"这是有历史原因的。你一直坐到天亮，我也说不完。简而言之，喜欢西班牙的生活方式。"

"可以谈谈你的家庭吗？"

"嗯，可以呀。我的家庭在阿根廷算是不错的，否则我也不可能来到这里，和你聊天。我主修的是平面设计，但我在阿根廷的工作是公司助理，那种兑换外币的公司。真的很枯燥很无聊的。"

她边回答问题，边回到炉灶旁边照顾一下意粉。

"我今年 23 岁。很年轻，对吧？所以，我不想就这样生活一辈子，直到死。反正阿根廷也是说西班牙语的，所以我没有语言方面的障碍。我想先找份工作，待下来后再慢慢打算。"

"在西班牙，找份工作不容易吧？"我问。

"是的。而且，我的签证是 3 个月过期的。我要每隔 3 个月就回去一次，重新办理签证。"

"这么麻烦？"

"我的爷爷、爷爷的爸爸都是意大利人。我可以办理意大利身份，这样在西班牙就方便得多。但是，你知道吗，在阿根廷办这些手续要好多好多的文件，需要花好长的时间，好麻烦！我等不及了！"

"哈，我们那里也是一样的呢。要自己证明自己是谁。"

"所以，先来了！管它呢。"

我不知道西班牙到底和阿根廷有多不同，以至于她和她的朋友们都纷纷来这里。

她接着说："现在没工作签证，只能找些打扫卫生之类的工作。"

"那你会开心吗？"

"开心啊，我现在很开心啊，每一天！"

这一点我是完全相信的，并且能深切地体会到。从她甜甜的微

Barcelona 巴塞罗那 转弯去了

笑中,从她给我的拥抱和亲脸中,从她哼着歌儿做家务中……

番茄汁肉酱意粉和啤酒已经就位,我和 Tina 移步到客厅。她告诉我,这座公寓里每个都不一样的沙发是房东从社区里举办的旧物交换活动中捡回来的,有些破旧的部分被修补过,可以放心地坐上去,完全没问题。小桌子是房东男友用破窗户改造的。绿色、淡紫色、黄色、透明色的玻璃被镶嵌在"井"字木框中拼成了桌面,仍然很好看。Tina 的黑莓手机放在上面,和这古旧的风格非常和谐。

"你喜欢苹果手机吗?"

"买过一个。太贵了。没几天就被偷了。太不安全了。其实,也不需要。可以打电话听音乐就行了。这个不是也很好吗?"她指了指她的黑莓。

我慢慢觉得,喜欢这个姑娘除了因为她的微笑,她的得体,还有她的实在。

"你们年轻人现在都这么爱文身啊?"我微醺,露出了老气横秋的语气。

> 我只是想看看
> 世界其他角落的人们
> 是如何生活的

"有人喜欢带环,有人喜欢文身吧。我有8个。等攒够了钱,就去纹第9个。"她边说边给我看她的文身。有的在耳后,有的在腿上,有的在小臂,有的在肩膀,还有的,我想可能在看不见的地方。

"每个都有故事吧?"

"是的。都是故事。"

吃着,喝着,聊着。时不时碰杯,时不时大笑。

我得知,那个也来自阿根廷的朋友,是Tina前男友的好哥们。他来了几周,得知她就在附近,于是两人相约。我能感觉到这两个年轻人之间的相互喜欢。那呢呢喃喃的话语,那浪漫星空下的晚餐,那笑意浓浓的眼神,虽然Tina仅仅介绍说"这是我的'朋友'"。

这夜,是Tina和我聊天最深入、时间最久的一次。我们都微醺。当她得知我足足大她15岁的时候,惊呆了。"你们真年轻!"我想,她说的"你们",可能是指东方人吧。我是她见过的第一个中国人。

她从来没来过中国,只知道大概的方位。她让我说一句中文给她听。我直接说:"你想听什么"?她大呼:"啊!完全没听过的语言,

Barcelona 转弯去了
巴塞罗那

完全听不懂!"

其实我俩的英文旗鼓相当，有时候她好点，有时候我好点。但是因为在一起住了几天，有默契了，所以，经常能想到一起去。甚至在外人面前，她能充当我的翻译，英文翻译英文的那种哦。外人是指超市店员啊，邻居啊，还有她的"朋友"。

之后，我们仍然各自按照自己的轨道运行着。她还是会每天乐呵呵的，顶着一头金发，穿着吊带小背心、牛仔小短裤和波鞋，做家务或者听音乐，偶尔还翻几页书。她说那是一部推理小说。

我快要离开巴塞罗那了，不舍。

我买了些小饰品，包括耳环戒指之类的，临走前一晚，麻烦Tina当我的饰品模特，我要拍照片。她很开心，还不断地问：要我怎么样？要不要换唇色？坐在这里还是站到那幅画面前？等下，等我去把指甲油卸掉，等等我。

大晚上的，光线不够好，我本想随便拍几张照片的，但是看她这么主动积极，我也跟着"敬业"起来——也不知道我一个无业的

我只是想看看世界其他角落的人们是如何生活的

练习自拍

Barcelona 巴塞罗那 转弯去了

人在敬哪门子的业。

她突然停下来说"等等",然后把面前的瓷砖擦了擦。我忍不住问她,你几月份生的? 9月。果然,一个洁癖的星座。

我拍的照片她都很喜欢。我觉得,这不是客气,是真的。她笑得那么美那么自然,就像她追求的生活一样。用什么手机穿什么衣服不那么重要,自由、简单、快乐才最重要。

她没有电脑,留下了电邮地址给我。我邀请她来中国旅行,她露出8颗牙说:"等我攒够了钱,纹了第9个文身,就去。"

我只是想看看世界其他角落的人们是如何生活的

巴塞罗那高迪作品之一,未完成的圣家族大教堂

Barcelona

巴塞罗那 转弯去了

高迪是"外星人"

独自旅行还是很麻烦的，不过幸好这一路，我想去的地方交通都算便利。从地铁的格拉西亚大道（Passeig de Gràcia）站走出来，巴特罗公寓（Casa Batllo）与我真的是"近在咫尺"。

我几乎像一条鱼一样游进了这栋建筑。从购票环节开始，每一处的线条都是流畅的，它们在表达着自己的韵律。这无声的乐章推动着我的情绪，美好在不断流淌。游客们边戴着耳机听导览，边在这六层楼里的每一处驻足，或触摸，或聆听，或凝望。在这个世界上，怎么会有这样一个人，将曲线组合得如此绝妙。难怪他的作品中有17项被西班牙列为国家级文物，7项被联合国教科文组织列为世界文化遗产。

是的，我这条自由的小鱼，此刻正在西班牙巴塞罗那巴特罗公寓里游来游去。

巴特罗公寓的设计来源于这样一个故事：美丽的公主被龙困在

我只是想看看
世界其他角落的人们
是如何生活的

巴特罗公寓

Barcelona 巴塞罗那 转弯去了

城堡，加泰罗尼亚的英雄圣乔治用剑杀死了龙。龙的血变成了玫瑰花，圣乔治把它献给了公主。建筑师借用了故事，十字架形的烟囱、鳞片状的屋顶、外立面的彩色瓷片等让人耳目一新的设计都融入了故事中的元素。如果以对称、直线、平衡等传统标准来看巴特罗公寓，那它显然只是一座"造型怪异"的房子。

蘑菇形的门，圆或椭圆形的窗子。毛玻璃透出的光万般柔美。楼梯的扶手像是被微风吹过的波浪，温柔起伏。楼梯台阶与墙面垂直的角都是被处理过的木制凹槽，完全不让任何尖锐的线条出现。墙壁和天花浑然天成，不知不觉中就将人带到了空间的另外一层。

窗户和门的把手小巧精致，和手掌的内弧完全吻合。我推推拉拉这些门窗，玩了好一会儿，很投入、很享受也很治愈。有些门窗不方便打开，于是做了相应的通风设计。在木头上凿出圆孔或者细缝，形似鱼鳃，还能根据需求调节风量。洗手间门口一个个拱形线条构成的透视，层层叠叠地延伸至远处。即便在排队等待，也一点都不觉得乏味，好像这个空间的尽头是什么地方已经不那么重要了。

我只是想看看
世界其他角落的人们
是如何生活的

巴特罗公寓造型奇特的外墙

Barcelona　　　巴塞罗那　转弯去了

渐变色的瓷砖一定是到过巴特罗公寓的游客最难忘的设计点之一。一层层往上游走，离顶层越近，瓷砖的蓝色就越深。玻璃映着墙壁的蓝色，愈发觉得像是在海洋中一样。作为海洋国家，"水"是西班牙风格的灵魂元素。在巴特罗公寓内，大量的蓝色瓷砖和水纹玻璃就是这一点最恰如其分的表达。

在巴特罗公寓里使用的语音导览器是这一路最令我满意的，没有之一。这个导览器外形长得像电视遥控器，并不特别，关键是里面的解说，内容清晰简洁，合乎逻辑。每次遇到那些听完也仍然不知到底咋回事的导览，我就会很恼火。导览到底怎么导、导了些什么，确实挺重要的。所在空间的客观描述、背景故事，在一般的搜索引擎中无法查阅到的信息，这些才是现场导览的意义所在。如果再加入"从什么角度来欣赏这个作品会更好"的相关指引，那就更棒了。至于主观感受，应该留给观者自己体会。

当然，解说是锦上添花。即便没有它，这栋建筑对我来说也不陌生。曾经听朋友绘声绘色地分享过这里的很多细节。虽然这"电影"

被剧透了，但仍然没有影响我对它的好奇和喜爱，反而有种——核实的乐趣和快感，内心还常有"真是这样啊"的感叹和惊呼。

巴特罗公寓是"小而美"的，圣家族大教堂（Templo de la Sagrada Familia）是"未完待续"的。

虽然"不去圣家族大教堂等于白去了巴塞罗那"这样的话不绝于耳，但我仍然保持着自己的节奏行走。在这个晴朗的下午，到圣家族大教堂周围逛逛，欣赏它"塔顶上布满了脚手架"的独特气质，以一种"过门不入"的姿态，仰望它，感受它。

高迪拥有传奇的一生。未娶，43年投身于圣家族大教堂的建设中，74岁时死于车祸。不得不相信，有些人的一生就是承载某种使命的。与众不同，责任重大。

在教堂漫长的建造过程中，他说过："我的客户（上帝）并不着急。"而不着急的巴塞罗那人预计，圣家族大教堂将在2026年竣工。我也不着急在它未完成的时候就进去，虽然它已经吸引"每年约250万游客"到访。

Barcelona 转弯去了
巴塞罗那

圣家族大教堂始建于 1882 年。至高迪 74 岁去世时，教堂仅完工了不到四分之一。它的建造持续了一百多年，中途多次停工，首席建筑师也换了近十轮，但最后的建成效果却高度符合高迪设计的原貌，并没有因其形体的特殊性出现设计和建造的脱节。

从地铁"圣家族大教堂"站下车，按指示牌所示的出口来到地面，一扭头，就看见了它——像一张悬挂在高空的照片，扑面而来。它离地铁出口竟然这么近，太意外了。我的脚像黏在了地上，本能地举起了相机。这一刻，除了按快门，我干不了别的。很可惜，定焦镜头在这个距离内无法拍下它的全貌，我只有分节去拍，通过三张照片分别记录它的顶部、中部和底部。

在离它最近的街上，我找到一处小餐馆，坐下，就这样看着它，我想拥有这一刻。在沙拉和啤酒的陪伴中，与圣家族大教堂同呼吸，哪怕只有短短的几小时。这家餐馆小得只有点餐的柜台和一张桌子的位置，但是餐馆门外摆放座椅的位置是最佳的观景点。我启动了"慢模式"：啤酒、沙拉和咖啡，高迪的圣家族大教堂和我。

我只是想看看
世界其他角落的人们
是如何生活的

圣家族大教堂的"脚下"

Barcelona 巴塞罗那 转弯去了

  毕加索、达利与米罗都生于巴塞罗那,但是整个巴塞罗那却是一座由高迪的建筑托起的艺术之城。他的作品几乎囊括了巴塞罗那最经典的建筑。在 74 年的生命中,他乐此不疲地"观察并研究大自然""以建筑为载体重现自然"。他说:"艺术必须出自于大自然,因为大自然已为人们创造出最为独特美丽的造型。"他坚信,一切建筑都必须将大自然和人类的幻想结合起来,而不是凭空设想的。他认为自然界没有僵硬的直线,因此他的建筑物中也鲜有笔直的元素。

  以什么样的视角和立场来观察这个世界,才能将它曲线化得如此透彻?也许,以无限放大或者无限缩小的方法就可以发现,物体的直线是不绝对的。

  不过,现在,作为渺小的个体,我们无力坚持将曲线使用于每一座建筑中。我们所在的城市以及每座城市的每个区域,商业楼有商业楼的标准,住宅区有住宅区的样子,公园有公园的格式。我们努力地把自己塞进用高科技建造的高效能大厦中,离地面越来越远,与空气越来越疏离。有空调均衡四季,有人造温湿度、人造绿化,甚至改造过的自己。

我甚至常常被自己的想法吓到：会不会有一天，孩子出生后，人们直接将载满了"知识"的芯片植入孩子的大脑，将空调系统也直接外挂在孩子的身体上？这些芯片和设备将所有孩子的大脑和身体自动设置为相同水准，再没有什么"输在起跑线上"之类的差别了，因为大家都是配置差不多的人。

我们常猜测，那些叹为观止的世界奇迹，是不是有"外星人"相助？也常常会将奇才、能人比喻成"外星人"，但是，很可能，我们已经开始把自己设置为"外星人"。因为，这个"自然"的星球正在发生着"不自然"的巨大变化，而且无法逆转，不可挽回。

P.S.

没想到，我是带着复杂的心情离开西班牙巴塞罗那的。百分之六十的不舍，百分之二十的遗憾，百分之十的激情，百分之十的期待。

Tina 和她的"男性朋友"应该已经走上了恋爱之路，因为在楼

Barcelona 转弯去了
巴塞罗那

顶晚餐后,他俩当着我的面拥吻了。我拍了照并送出了最诚挚的祝福。

四个从阿根廷初到西班牙的年轻人,在相当长一段时间里,舍弃的要比得到的多,但是他们义无反顾。我赞同,并为他们的勇气加油。

参观高迪所设计的伟大建筑,除了巴特罗公寓的内部和圣家族大教堂的外部,最让我留恋的其实是米拉之家。我甚至在日记中写道:"如果我有了孩子,我希望可以和我的孩子一起来米拉之家。待上一整天,什么都不做,就在它的内部静静地待着。"这是对自己许下的诺言。

再见,巴塞罗那。

我只是想看看世界其他角落的人们是如何生活的

巴特罗公寓内部的渐变色墙砖

陌生的时尚之都

励志姐

我是个反心灵鸡汤的人,但其实,我时不时地也很需要鸡汤。

旅行,不就是四处寻找激励自己不断前进的人和事么?那些在找寻自我和认知自我的路上孜孜不倦的人们,你们在世界的不同角落,一切可好?这一路,名胜景点我也没少参观,按图索骥的快乐已经基本得到满足,那些可以通过查找获取来的资料,也许并不是我真正感兴趣的。渐渐地,我开始渴望交谈,渴望分享,渴望鸡汤。

之所以会来米兰,其中一个重要的原因是 R 姐。她在我心目中是真正的励志典范:言行一致,雷厉风行。

两三年前,我们因工作相识,她当时的身份是香港某知名时尚买手学院的讲师。我们见面的次数不多,但有种"一直都在"的相处状态。有一次听她说起想再深造,而没过多久,就看见她在米兰学习的照片。我对不纠结、不磨叽、敢想敢干的人是有着绝对的好感和信赖的,而时下流行的"选择困难"在我看来是矫情、没主见,

Milan

陌生的时尚之都

米兰大教堂广场上表演的艺人

是拖拖拉拉和浪费生命的借口。R姐年长我几岁，女人在这个节骨眼儿上能够"说走就走"实属不易，更何况这种"走"不是去某地旅行，而是去工作和学习。

她从事的职业是引领潮流、研究时尚的，观念和行为也是。我本着相交淡如水的友人和态度端正的旅行者的双重想法，和R姐联系。"反正一路都是在Airbnb上订公寓的，可以短租你家不？熟人总比生人好，还能分摊点你的房租。"

R姐非常不以为然地回复我："你来住就好了，算什么房租啊？！能来看我就很高兴了。什么时候到？我下课就去接你。"被这一串热情洋溢的话暖到了，忽然有了种"投靠"亲人的感觉。想象着中年留学生人在他乡的生活和心境，换位臆想了一下R姐过得好不好，是否会思乡心切之类的。

这样一想，仿佛自己已化身为另一位"R姐"，胆子大了起来，出手也阔气了。我回复她说："告诉我地址，我可以找到的。"于是，我决定在米兰中央车站下火车，然后打个的士，算是体验生活，同

Milan 陌生的时尚之都

时也犒劳自己一路的节俭。

可能是受了电影《中央车站》(*Central Station*)的影响，我对"中央车站"这四个字简直无法抵抗。电影里的"中央车站"是巴西的里约热内卢车站，但对我而言，不论是哪里的"中央车站"，都像是一个装满了故事的硕大的"盒子"。根据所在国家的不同，历史时期的不同，中央车站会呈现出不一样的建筑外形，但是来往的人群、四通八达的线路和不断发生的故事却都是那么的生动和迷人。

米兰中央车站是欧洲最大的火车站，是世界建筑史上的代表性建筑之一、折中主义建筑的典范，其钢结构的巨大拱顶是世界上最大的钢制结构拱顶。另外，米兰的地理位置特殊，往南可达佛罗伦萨和罗马，往北可进入瑞士，往东可到达威尼斯和维也纳，往西则通向法国南部，难怪全欧洲所有的火车站只有米兰中央车站被简称为"中央车站"。

从车站出来，来到专门管理的士的亭子，将我要去的地址告诉管理人员，他开出了的士票，连同的士费用一并告知。然后，来了

我只是想看看世界其他角落的人们是如何生活的

刀姐用意大利语问路,她说要抓紧每次练习的机会

Milan

陌生的时尚之都

一位司机大叔，把我带到了他的车前，彬彬有礼地把我请上车。这个操作流程方便快捷、清晰明了，还免去了在车上不断聆听跳表声带来的心惊肉跳。我第一次来这里，但是似乎并不慌张，也没有任何焦虑，确定自己要干吗之后，按照指示牌一步步做就行了。

一路上满眼都是建筑和绿化，大约半小时光景，顺利到达 R 姐家的楼下。她还在学校忙，让我在楼下的小店歇会儿。小店旧旧的，也不大，可能是光线黯淡的缘故吧，总感觉到处都是灰尘。店里售卖日用品、饮料，旁边还有几台老虎机。我要了一小杯浓缩咖啡，还要了一杯"热水"。老板很惊讶："你真的要热水？"停顿了一下，继续问："喝吗？"我笑了，回答他："对，是喝，不是自杀。"他也乐了。我知道在他们心目中，喝滚烫的水无异于自杀。

一杯浓缩咖啡下肚，仿佛每个毛孔都得到了滋养。静等开水变温。一个白色身影窜进屋内。仿佛亮丽的一道光。R 姐热情地蹦到我面前："啊哈哈！你好吗？"那一刻我真愣了。眼前这位，火红头发扎成马尾，上身白 T 恤，下着牛仔裤，脚蹬运动鞋，分明就是个学生，素淡而富有活力，唯有架在额头上的太阳眼镜儿熠熠生辉。这跟我在深圳遇见的职场中的 R 姐判若两人。

一切都和我想象中的不同。R 姐的状态，以及她的家。我做好了拜访"苦哈哈的穷学生"的心理准备。推门而入的时候，安迪·沃霍版的玛丽莲·梦露装饰画第一时间吸引了我的注意力。客厅一侧与厨房相连，另一侧直通方形阳台。卧室和浴室在整间公寓的最里面，私密性和安全感都很好。公寓的装饰恰到好处，该有的都有，舒适而简单。

据说，我赶上了欧洲 200 年来最热的夏天。在巴塞罗那那几天住的是没有窗户和空调的小屋子，并且正巧房东家的热水器坏了。22 度的水温在夏天不算冷，但洗不净的油腻感却非常真实。不能随便摩擦皮肤，因为轻轻一搓，就会产生一个小泥团，一不小心，就会有一片的小泥团。

R 姐家的热水器也坏了好几天了。她很开心地说："呀，你来真好。我可怕维修师傅知道我是独居的了。"于是，我俩一副好几个姐

Milan

陌生的时尚之都

R 姐在晨读

妹合租的架势，关了卧室门和洗手间的门，敞着大门，看着中等身材、微微谢顶的维修工大叔在厨房修热水器。在此期间，R姐用意大利语和他聊着，直到他乐呵呵地离开。一年时间就可以将完全陌生的语言说到这个地步，无论是出于天赋还是刻苦，都很令人羡慕啊。R姐果然很励志。

接下来的几天里，R姐去上课，我就去游览和代购，毕竟这里是世界时尚之都——米兰。她忙完的时候，我们就在"家"里做饭、聊天。我们的交谈大多发生在阳台上，坐在这里，微风拂面，景致如画。我们有时大口大口地吃着樱桃，有时一粒粒地品着蛋炒饭，有时牛吃草般地嚼着蔬菜沙拉，碰杯、喝酒。早晨、午后和夜晚，阳台都记录下了我们谈话的场景。

有好几次我早上醒来时，都见她在阳台上一边练瑜伽，一边大声背单词。平日我们对聊时躺过的"懒人沙发"摊在一旁，像是乖巧的宠物，也像是和谐的道具。R姐大学主修英文，语言天赋好，现在学意大利语也得心应手。购物、打车、问路时，营业员、司机、

Milan　　　　　　陌生的时尚之都

行人都是她练口语的对象。即使对答不流畅，但对方也都能明白。她说："学语言就是要多练习，抓紧每个机会练习。"

她练瑜伽的背影、念单词的声音还有努力与人交流的样子，都与年龄无关，与性别无关，与动机无关，就是很美。那种积极向上的力量，不惧风雨，不惧人言，不惧困难。

在熟悉的环境里，过着衣食无忧的生活，做着意义和体面兼顾的工作，有才华、有样貌、有阅历、有冲劲，什么都不缺，什么都很好。而离开熟悉的环境，跳脱衣食无忧的生活，暂停有意义而体面的工作，带着才华、样貌、阅历和冲劲继续充电，会让一切更美好。

当然，这个过程并不是那么一帆风顺。我们都在寻找自己的路上，奋力前行。我觉得 R 姐像一只电量满满的充电宝，而我，像一只快要没电的手机。

有两次，我们在米兰大教堂门口的阶梯上聊天、抽烟。这座全世界最大的哥特式教堂就在我们身后，不难想象，画面有多美。米兰大教堂是米兰最具象征意义的地标性建筑，从 1386 年开始建造到安装好最后一扇铜门,居然花了 600 年之久,这不得不让人感叹,时间在他们手里真不是用来"抓紧"的,而是用来"花费"的。

于是,我们在这座时尚之都、购物天堂的标志性建筑前面,看着往来穿梭的人们,从日落到天黑。

我问她:"怎么说来就来了?"她望着远处,悠悠地回答道:"其实,来这里之前,我去了一趟印度。那是很奇妙的一次旅行,让我感悟良多。它仿佛打开了我的智慧之门,当然也带着很多疑问。不过,最大的收获是,听自己内心的声音,做最想做的事情。"

是啊,"内心的声音",我们都有内心的声音。只是,多数时候不确定,那将是一时的任性还是一次勇敢的选择。一般来说,我们会为了稳定、安全、保险而放弃这个声音。慢慢地,这个内心的声音就会转变为理性的判断。我们在用脑子生活,一切都是思考先行。

R 姐所说的印度之旅如何触动了她,我想除了她自己,没人能体会。反倒是她在阳台大声念单词的声音,在我脑海里一直回荡。我想,我能做到的就是,重新像孩子一样,去触碰冷暖,细嗅花香,轻抚心灵，治愈创伤。

离开R姐家的那天，她只说："路上小心，保持联系。"我也很平静，简短地回答道："好的，放心。谢谢啊。"就像一次最普通的告别。然后转身离开，拖着行李向地铁站走去。

我想喝下这碗浓浓的鸡汤，然后，开始前所未有地相信自己、热爱自己。

励志姐做的蔬菜沙拉

我只是想看看
世界其他角落的人们
是如何生活的

米兰阿玛尼的"粮仓"陈列馆

Milan 陌生的时尚之都

误闯"粮仓"

身处时尚之都,代购不可避免,但是也非理所应当。我体力不支,不由心生厌倦。果断还自己一份轻松后,"瞎逛"的发条重新被启动。我再一次铺开地图,寻找能第一时间吸引我眼球的地方。

公共交通能抵达的地方,即便需要转乘,也很令人愉悦。放空是当下最美的状态。车内乘客不多,窗外是林立的老建筑和穿梭的行人。这些天所到之处都是晴空万里,几乎忘记了雨中漫步的滋味。从车上下来,按照地图上的路穿过巷子,转过路口,走上了一座绿色的铁桥。周围的一切都有些陈旧,头顶上的框架刚劲有力,把蓝天白云分隔成了一块块的。墙上的涂鸦痕迹层层叠叠,崭新的海报下面还衬着旧海报的印记。

桥的中间有一汪水,而我的前后都没有人。

越走越不自信。不断地对照着路牌上的文字和地图上的标示。

是的,我在找阿玛尼博物馆。

我只是想看看世界其他角落的人们是如何生活的

通往"粮仓"的路上,经过贴满了海报的铁桥

Milan 陌生的时尚之都

下了桥,一对年轻男女从我身边走过。女生随意地在脑后抓了个短马尾,头发是黑色的。在欧洲,我特别喜欢找黑色的或者深色的头发看。这样的发色衬托白皮肤、凹眼睛、高鼻梁,真漂亮。男生一身黑色衣裤,肩上背着数码相机。

我紧追几步,上前问路。原来,他们也是去阿玛尼博物馆的,我放心地跟着他们,不再翻看地图。

阿玛尼博物馆这幢建筑曾经是某大型国际公司的粮仓,由日本设计师改建成适合时装陈列的现代博物馆。"Silos"这个名字,在意大利文中就是"粮仓"的意思。阿玛尼买下它之后,保留了这个名字。他认为衣服跟粮食一样,都是人的生活必需品。这里曾经是保存粮食的"粮仓",现在是展示服装的"粮仓"。

这幢建筑物的外形是折叠式的,像屏风一样。进入大门后,可看到整个天花板都是黑色的,墙壁和地板则保留了具有工厂风格的钢筋和水泥板,暖气、通风管道及照明电线也全部暴露在外。可能是因为仓储的容积,每层楼的层高都很高,楼梯也因此很长。工作人员多为男性，西装笔挺，发型和笑容都毫不马虎，人数远远多于参观者。

四层楼的空间里，共展出了1980年至今阿玛尼品牌推出过的上千套服装及几百套配饰。我端着相机，让自己沉浸在服装的细节里。快门声在这个空旷的展厅里成了最明显的声响，也增添了些许人气。今年是阿玛尼品牌创立40周年，这座博博物馆4月30日才刚刚对外开放，估计很多游客尚不知此地。它在向众人诉说着一个品牌的岁月故事，也迎来送往着在此参观的人们。

我一层层地逛着，偶尔能遇到一两位游客。多数时候，转头看见的都是工作人员。他们微笑着，向我点头示意，我也点头，微笑回应他们，像是稍微有点延时的镜像。在顶层，忽然很想与这些盛装丽服和潮流感十足的展厅"合影"，于是，我将手机放置在一处平台上，定好了自拍时间。这时走来一位工作人员，他冲我摆摆手。

我取回手机，等他开口。他说："小姐，对不起，手机放在这里太危险了，万一掉下去有可能砸到人。"他停顿了一下，说："我可

Milan　　　　　　　陌生的时尚之都

以帮你拍。"我愉快地接受了他的帮助,并获得了一张独特的照片。

作为当年差点入了时尚圈的准设计师,我对国际知名品牌是有特殊感情的。从人类对时尚的追求、渴望甚至痴迷,到产品对市场的引领和迎合、普通消费者对品牌文化的一知半解或盲目跟风,矛盾共生,爱恨纠缠。

我读大学的时候,为了"市场调研"而推过不少大品牌的门,当然,也饱受各色白眼。穷学生嘛,懂的太少,还天生骄傲,不具有购买力和购买动机,没准还在"抄袭"灵感,不受欢迎也是意料之中的。后来,进入服装厂实习,也常被老师傅们视为负担。他们认为,我们根本不知道什么颜色畅销,什么款式好卖,更没有过硬的技术和宝贵的经验,下厂的主要目的无非是完成那张实践表、盖章、签字、交作业。

后来,我渐渐明白,学习是一回事,设计是一回事,生产、销售,也各是一回事。那些年做过的梦、画过的图、裁过的布,都是过往云烟。那是90年代末期。我的大学同学里真正学以致用的少之又少,转行

我只是想看看世界其他角落的人们是如何生活的

陈列馆里的工作人员

Milan　　　　　陌生的时尚之都

的占了大多数。当然，用今天的视角来看也是好的，跨界嘛。不是有个句式嘛？不想当厨子的设计师不是好裁缝。各种职业随意替换，想跨哪界跨哪界。

今天，大量的中国消费者购买国外奢侈品，以至于一些品牌针对我们的消费习惯和爱好，将 Logo 设计得无比醒目且巨大，生产专门针对中国市场的款式和批次。简直令人百感交集啊。我们到底是爱一个品牌本身，还是爱自己对美好的不断追求？或者是在追赶"人有我有"的潮流？

任由思绪胡乱飞扬，下到了咖啡馆这一层。终于见到一位"女"服务生，也是西装笔挺的，微笑尤其甜美。可能是客人不多，她见到我显得很开心。好像不是"工作来了"，而是"朋友来了"。我坐定，她递来餐单，转身离开。

我面前的桌子是木质的，原色，由两块长方形的木头错落叠放而成桌面。桌脚是金属的，黑色。每张桌子上，都整齐地摆放着大号的蜡烛和不大不小的玻璃水杯。空间延伸至室外，安静又透气，还很私密。整个咖啡馆就我一个人。

咖啡机运作的声音,刀叉放进盘子的声音,然后就是女服务员的脚步声。再然后,牛角包和热拿铁就来到了我面前。我开始独享这份属于我的简单。

餐单的封面上简洁地印着"阿玛尼/粮仓",这让我忽然想起2014年在深圳开张的一家咖啡馆,它的卖点之一是:这家咖啡店的店员都穿阿玛尼,连壁画都是阿玛尼的设计手稿。当时还引起小热议,当然声音是两面的。有的说是"噱头",咖啡馆重点在咖啡出品;有的说是"细节",细节彰显品质,如此等等。

我想,我们对品牌的需求和消费已经不仅仅停留在某个领域了,它是综合的、全方位的,是物质的也是精神的。当然,作为消费者,盲目地选择和一味地索取是不够的,我们还需要更加深入地了解我们自己:到底,什么才是你最需要的,什么才是与你最匹配的。

Milan　　　　　　　陌生的时尚之都

"粮仓"里的阿玛尼

我只是想看看
世界其他角落的人们
是如何生活的

威尼斯的黄昏

晕晕的威尼斯

抠门房东

2015 年 7 月 27 日 / 意大利威尼斯 / Fil 的家

在网上找威尼斯的房子时,我是很"功利"的,就想找职业特殊点的房东,这样有机会在短暂的时间里更多地了解这里。这个房东的头像是黑白的,带着墨镜,职业是摄影师和建筑师。公寓地点在威尼斯的威尼托,不是主岛,价格不算贵。网页的封面是蓝天白云。基于以上这些,我果断完成预订。

这是房东 Fil 给我的留言:Mestre Venezia 站在 Santa Lucia 站之前 15 分钟,所有火车都会经过这个车站,你就在这站下车,我在站外的麦当劳等你。

从米兰到威尼斯的火车上,广播报站名的声音好小,而且也没有显示文字的 LED 提示牌。我一直处于紧张僵硬的状态,竖着耳朵听,还翻来覆去地计算时间。"Santa Lucia 站之前 15 分钟",这种表述还挺容易出差错的。万一下错了站,可不像地铁那么方便。那可能要

Venice

晕晕的威尼斯

威尼斯房东家的大门

再等，转车。万一还联系不上，可就惨了。

我凭着直觉下了车，出了站，就看见了麦当劳。然后开始等。

这个站确实不大，我站在麦当劳门口显著的位置，和我的箱子相依偎。15分钟很快就过去了，没有照片上的人出现。给房东打了个电话，没有接通。我想，我应该不会这么倒霉的。应该没下错站，也应该没找错房东。如果一个摄影师如此不靠谱，那么他是如何开展工作的呢？

于是，我抱着坚定的信念，继续等。

忽然，一个人从背后窜到我面前，问："你是在等我，对吗？"我被吓了一跳。此人不高大，瘦而不弱，穿格子衬衫，没戴墨镜，我能迅速判断出他就是"房东"。他继续说："欢迎你来！对不起，我迟到了。你还好吗？"我很想说，我不好，你迟到得太离谱了！我以为我下错了车站呢！当然，我没说出口。我淡淡地笑了一下，说："你好。"

他的车和他的人一样，小巧干练。他一路告诉我，如果乘坐公

Venice 晕晕的威尼斯

交车出门,要记得几个重要的店,很好吃很好吃的冰淇淋店,再下一站是个大大的超市,然后就到家了。我习惯着用"店"来记路,倒还直观方便。接着他问我:"关于你要问的问题……"是的,我在网上和他预约时间,希望可以问些关于威尼斯、关于他的工作和生活的问题。他说,恐怕没有那么空闲。他只有半小时,如果我愿意,可以马上问。

我不知道这是他的高效、直接,还是我在某种程度上给他添了麻烦。反正我不是很满意如此仓促地开展对谈。到了一条小巷的尽头,一扇金属的大门自动打开。小车载着我们来到了后院。Fil 帮我把箱子拎上了二楼"我的"卧室,简单介绍了洗手间的位置、基本设施后,说:"你休息一下,我去厨房等你,我们一会就开始吧。"

还没看清楚这栋小楼的全貌,才到这栋房子不到两分钟,我甚至还不太适应这里黯淡的光线,房东就和我约在厨房里"聊天"。而且,他仅有"半小时的空闲"。我好像也没什么理由和时间去埋怨什么,迅速把行李扔进房间,从箱子里挖出笔记本,直奔厨房。

我只是想看看世界其他角落的人们是如何生活的

院子里的纳凉处

Venice 晕晕的威尼斯

    厨房不小，至少有 40 平方米。一半是桌椅，椅子都腿朝上被架在桌子上，很久没有使用过的样子，另外一半是灶台、橱柜，还有集操作、收纳、吃饭于一体的中央操控台。所见之处都铺着小方块的瓷砖，这让我想起了时下国内很流行的"欧式装修"。是啊，如果都被"欧式"了，那去哪里寻找亚洲风呢？

    我站在操控台边，一脚在地，一脚撑在高脚椅的凳腿上，打开了笔记本。而他，将自己置身于一个角落里。

    不知道为什么，我觉得他回答问题都很浅，不知道是真的赶时间，还是不乐意深谈。比如，说到他的业余爱好，他回答日本武士道，我问为什么，他说，也许有一天要和韩国人打架。我非常好奇，他作为一个土生土长的意大利威尼斯人，为何对日韩关系如此有兴趣。再欲问他为什么，他立刻说，仅仅是个笑话，笑话哈。

    按部就班地，我把提前准备好的问题都问了。他的回答果然不令我满意。我觉得对话的基调是不对的，氛围也不够轻松。我已经在心里打了小红叉。这位威尼斯摄影师更像一个时刻在盘算着投入产出比的商人，在他的言行里，比较少能体会到一个艺术工作者的性情和洒脱，倒是有些商人的谨慎和刻板。

但，这没什么。

Fil 很忙，转眼就开着小摩托出去了。后来几天发现，他极少开车，基本都是摩托来摩托去。由此判断，他工作的地方离家不远，而且，他也尽量在节能。

我这才四下转悠。小院子围着房子，从进门到车库正好一个圈。晾衣服的绳子彰显了田园风。一间被绿色和紫色的纱幔围起来的木头亭子，浪漫十足。可惜进去坐了不到一分钟，成功喂饱了至少一个蚊子，赶紧窜了出来。

这栋小楼一共两层。一楼是他的爸爸妈妈和女儿儿子一起住的，这几天他们外出旅行，一楼都空着。大白天的窗帘紧闭，既神秘又诡异。二楼除了我住的屋子以外，还有两间卧室、一个大客厅和我们刚才聊天的厨房，其中大客厅"因为摆放了很多爸爸妈妈的物品，所以尽量不要进去"，但其实，大客厅是敞开式的，没有门，能一眼

Venice 晕晕的威尼斯

看见好多照片儿,还有壁炉、沙发、柜子和各色器皿。窗帘也是拉上的,光线很暗,以至于每次经过都觉得有人坐在那里。洗手间的采光倒是不错,两层窗户,窗外是一片草地,只在很遥远的地方才有其他建筑,空旷的很。我发现洗手间的锁孔是空的,这令我想起很多影视作品里的情形。例如,小孩子通过锁孔望向洗手间里少儿不宜的画面,或者,杀手确认暗杀对象等。我挂了一件衣服在门把手上,挡住这个小小的洞。

再见到 Fil 就已经是第二天了。因为转换插头的问题,我步行一公里去了一间超市,巧遇到了他。当他得知我需要转换插头的时候,居然流露出了盘算的模样。其实,作为房东,他家没有合适的转换插头,或者暂时找不到了,也是人之常情。他为后面的客人而购买一个新的,也是合情合理的,但是他居然说:"你买吧,我还有事,先走了。"

那个插头 2.45 欧。

我吭哧吭哧走回家,居然又在门口遇见他骑着他的小摩托刚进

我只是想看看
世界其他角落的人们
是如何生活的

威尼斯的卧室

Venice 晕晕的威尼斯

院子。这就是"有事先走了"?不会就是为了个转换插头躲着我吧?神出鬼没的,让人捉摸不透。

我上楼直奔厨房。他也跟来,开始吃垃圾食品,薯片啊,薯片,还是薯片。我开始洗番茄,拌蔬菜沙拉。他忽然问:"你有兄弟姐妹吗?"我说:"没有。"我们国家在我这个年纪后,每户人家只生一个孩子。他问我哪个年纪,我回复了以后,他说:"天啊!"

亚洲脸年轻,这一点我一路都是知道的,他惊讶成那个样子有点夸张的成分。他随即问:"这个年纪还在读书?"我说:"对,不想上班了。"他接着问:"那你上的是什么类型的班?"我照实际解释给他听……

"你要喝点红酒么?"他拿了酒瓶示意我。他也开始吃沙拉。然后聊起我今天看到的展览,分享了一些照片。他忽然又问:"我现在想煮点饭,你要吃么?"

我的妈呀,这是个多么天马行空的房东?!刚才在超市他还说他要去游泳的,这会儿又开始做饭了。再说,他在网上注明瓦斯炉坏了，不能做饭，难道现在修好了？

"我不吃，我够了。"

"好，那我自己煮！"

"你确定你会煮饭？"

"我会，我40岁开始煮饭！"

好喽，他今年46岁。

我忽然问："我可以拍照么？在你煮饭的时候。"他犹豫了一下，说："好吧。"我一边拍，一边说："原来我以为德国人很严肃，没想到你们意大利人也一样。"

"哪种严肃？"

"脸很冷的那种。"

"我很冷吗？"

"当然！"而且还很抠门！我心想。

"哇！真是第一次有人这样说我。"

后来我才明白，他煮饭是为了住在我隔壁房间的一个"黑姑娘"。

Venice 晕晕的威尼斯

这两天都是我和这个姑娘住在这栋房子的二楼里。

我快吃完沙拉的时候,房东的米也煮好了。"黑姑娘"正好回来,吃现成的。姑娘是美国人,但是他俩聊意大利语。他们是熟人,姑娘来威尼斯,暂住在他家。虽然外表是截然不同的两个人,一个中等偏矮的小男人,一个高大结实的黑大个儿,但是氛围却是极和谐的。

这个46岁的摄影师,没有戴婚戒,也没有戴过婚戒的痕迹。两个孩子是不是他的孩子,以及这个"黑姑娘"又是谁,他为什么有时候住这里有时候不……我都没问。

之前他说厨房的瓦斯"坏"了,而他说,真实的原因是,他不想他不在的时候客人把厨房搞得很脏。我当然觉得直接说出原因比骗人好,但是我想,这是他处理问题的方式。

我在我的床上发现一本意大利语的杂志,Fil 说是他帮忙拍摄的意大利美景,请我翻看。照片里的威尼斯和我见到的威尼斯一样美,到处都是桥,哪里都有水。我忽然觉得 Fil 的气质里有点冷、傲之外,还有点悲情。就像我十年前认识的一位威尼斯小伙子一样,总是会

我只是想看看世界其他角落的人们是如何生活的

摄影师房东在煮饭

淡淡地和我说,其实意大利没什么好玩的,水城总有一天会消失的;你们就是来看它的样子,你们没有在这里生活过;你们只会为美赞叹,不会为它难过。

每个人都是一个世界,每个世界都有好多故事。"很忙房东"有点自相矛盾、有点抠门,但是,这就是他,一个独一无二的存在。

Venice 晕晕的威尼斯

哥哥的耳朵

大概很多人体内都有"流浪"因子,但多少被控制和压抑了,而有的人可能一生都不曾体会过那种企图流浪的欲望和张力。流浪最吸引我的地方在于自由自在,随遇而安。

在威尼斯,将自己交付给时间和水。每一天晃晃悠悠、晕晕乎乎地穿梭在各个岛屿之间,人多就乘坐下一班,甚至矫情到这班船的款式和颜色不是我所喜欢的,也能成为等待下一班船的理由。

来来去去了几次,自己和自己玩得欢喜而又平静。

当然也有玩出差错的时候。有一次就上错了一趟 water bus(水上巴士),开出一站才发现线路不对,于是索性多坐几站再换乘,将错就错。反正水和水都是通着的,总能到达目的地,怕啥?

这趟船上人不算多,走几步就有空位置。坐下,再次进入母体羊水般的浮动之中。天气晴好,要不是时不时地会被岸边的建筑遮下一片阴凉,还是挺晒的。但是热得并不湿,这对一个常年居住在

我只是想看看
世界其他角落的人们
是如何生活的

乘坐威尼斯的水上巴士，
随手拍下的风景里都是蓝天、建筑和水

Venice

晕晕的威尼斯

中国广东湿热环境下的人来说,不算难受。船动起来的时候有风,有风的时候能更清醒地意识到自己的存在。

  阴影随船而动,太阳时而晒在前座又时而移开。前座靠右有一个小姑娘,被妈妈抱着,金色卷发马尾,小圆脸儿甜甜的。她一直腻着妈妈,来来回回地蹭着妈妈的脸。小胖手捏着妈妈的耳垂,手指戳着妈妈的耳孔,反反复复,一遍又一遍。一只手不过瘾,两只手一起来。有时候转过脸来,嘴里叼着的安抚奶嘴被她吮吸得嗞嗞直响。

  她就这么蹭啊,抱啊,贴啊,扭啊,眼神也没闲着,扫一遍妈妈身后的每位观众,便收获满满的喜欢,再眨两下翘到天上去的长睫毛,又萌死一众乘客。我觉得她的眼睛像是有根线牵拉着我心里的肉。她眨下眼,我的心就被扯一下,随即,化成一团雾。我终于理解了此前有朋友时常在旅行途中发出的"好想偷个洋娃娃"的感叹。

  就这样,目不转睛地盯着她看,也不知道过了几分钟,

> 我只是想看看
> 世界其他角落的人们
> 是如何生活的

时间一定是凝固住了。从前排走过来一个少年，褐色偏金的头发，白T恤，从妈妈手里抱过小女孩。看样子应该是哥哥。

妈妈起身去船头看着大包小包的行李。哥哥坐下，妹妹的小手小脸以及小眼神依旧，只是换了对象，妈妈换成了哥哥。黏腻程度更甚。

我实在忍不住端起了相机，按下了快门。受不了这种甜入心底的感觉了。

触感，在我们不断长大的过程中慢慢变得麻木，甚至几乎丧失，不是吗？我们有太多的经验，使得我们不再需要亲自去触碰便已经知道可能性甚至结果。冰、烫、细腻、粗糙，都是过往经验，眼睛甚至直接传递了一切，视觉占了上风，成了主导。

小姑娘的这通揉巴、蹭、抚摸，让我不停地臆想。如果我是她，我得到的是怎么样的一种满足？如果我是妈妈或哥哥，又会是怎样的一种感觉？看着，想着，居然起了一胳膊鸡皮，但是，很爽。不知道是什么样的物质在体内作用着，反正很愉悦就对了。

Venice　　　　　　　晕晕的威尼斯

在水上巴士，小女孩全程抓着哥哥的耳朵

　　有位好朋友热爱诗歌,曾经读过上万首诗。她诗意地表达说:"也许我们都是属猫的。天生爱被摸,嗜揉搓。"
　　我特羡慕那个小女孩。我小时候不知道可以那样地摸别人,也不知道可以这样地摸谁。有的小朋友从小睡觉就习惯摸着毛巾,或者捏着妈妈的耳朵,或者含着乳头,然而在我的记忆中,似乎都是大人说"该睡觉啦",然后就一、二、三、睡,没有其他。
　　我也特羡慕那个哥哥,有这样一个妹妹,自小就是一份柔软和牵挂。懂得疼爱和被需要,这是两个生命最直接的联系和照应。

想起来在一些关于教育的群里,常有家长会烦恼什么时候给宝宝断奶啊、什么时候教宝宝学英文啊、宝宝是左撇子该怎么纠正之类的。我一般保持沉默,忍得实在很辛苦时也会蹦出来喊上两句。有条件就多喂几口奶呗,这么天然的食物,如此珍贵的互动是任何外界干预都无法替代的啊。学英文不是必须的,也不是越早越好的,就不能让舌头先长利索了再选择么?左撇子又不是病,为什么非要纠正人家?本能是人类非常宝贵的天赋。当然,我也只能喊两句。

在这似母体如摇篮的 water bus 里,虽然我不是妈妈、妹妹或哥哥,但是眼见的这一幕将我的心已经完全融化了。融成了一小股蜜,流进了威尼斯的水里……

亲爱的威尼斯,你有安静的河道,有澎湃的海。静静的是你,闹腾的也是你。我喜欢你。那些岛,若可以,真希望一个个住过去,走遍每一弯小巷,坐遍每一条航线。也愿有更多的人能体会到"哥哥的耳朵"般的甜腻。这份意外的遇见,滋润心田。

Venice 晕晕的威尼斯

离开威尼斯的前夜,最后一次流连水上

234

我只是想看看
世界其他角落的人们
是如何生活的

误入大学校园,遇见展览

Venice 晕晕的威尼斯

偶遇《为无名山增高一米》

我之懒惰常常令自己痛恨甚至发指。比如旅行，我绝对不是那种攻略达人。我渴望自由，崇尚随意，主张走哪算哪。这一点在独行的时候尚可，反正没有同行者指责和埋怨，但是，坏就坏在平日里的知识储备不够，总有吃亏的感觉。

在威尼斯期间，正逢威尼斯双年展。这个拥有上百年历史的艺术节与德国卡塞尔文献展、巴西圣保罗双年展并称为世界三大艺术展，是欧洲最重要的艺术活动之一，并被人喻为艺术界的嘉年华盛会。

我身处其中，开始是兴奋不已。但边看边开始眉头紧锁。我不算是完全的外行，所学专业与工作领域都与之相关，但是背景资料掌握不足，艺术面前顿感无力。想像外行那样看下热闹，又心有不甘。卡在中间，进退两难。

好在做了这么多年的媒体工作，搜集信息不算深入但是够杂，许多作品都知道那么一点儿，所以多少总能沾些边。那天仍然背着

我只是想看看世界其他角落的人们是如何生活的

落日里的鸽子

Venice 晕晕的威尼斯

单反,拿着双年展的导览图瞎逛,在好奇心的驱使下,就走进了这条小巷。

指示牌上是意大利语和法语,但是"校园"这个单词和英文是一样的,认识。我被直觉推着往里走。一边是走廊,一边是图书馆。建筑层高足有四米多,大木桌和皮椅子、依墙而立的书架和伏案阅读的人们都被衬托得特别小,好像被空间融在了一起。窗户高高地在墙顶,阳光透过它射进来,光柱不折不扣地投在了光洁的水泥地上。所有的色调都是暖的,墙成了米色,原木成了橙色,就连水泥地的灰白都是带着温情的。

我潜意识里是来这里寻找洗手间的。所以,在这静得掉根针都会被察觉的地方,我问一位教授模样的中年男子洗手间在哪里的时候,他先是一愣,再是一笑,然后指给我方向。我能理解,他可能以为我是这里的学生,问出问题来像是一个游客,而这里,并不是游客常来的地方。

从洗手间出来,发现此处竟在进行一个展览。方形的回廊有绘画、

我只是想看看世界其他角落的人们是如何生活的

威尼斯大学图书馆

Venice 晕晕的威尼斯

摄影、雕塑、装置等作品,而周围空无一人,游客唯我。自拍的心花又一次绽放了。寻一处可放置相机的平台,在喜欢的画作前留影。这是一幅炭笔和丙烯结合的绘画作品,至少两米乘两米的尺寸,整体黑底,画了虚虚实实的人体、面部、鼓和燃烧的鼓棒,还有骆驼、女神和乳房。最下一排是四张炭笔勾勒的独立小画,内容分别是正在舞蹈的精灵、飞机盘旋的梵蒂冈、被警察包围的别墅门前、异形人游泳的河流。

黑色调性下的画作一点都不压抑,反倒很灵动,像是躁动但是奔向成熟的少年毫不犹豫记录下来的梦境碎片。我恨不得把笔触都拍得清清楚楚,等老了,旅行不了了,再仔细翻看它们,细品其中滋味。

被我问路的教授模样的男子从拐角处走来,看见我在摆各种姿势,再看看相机,笑着走了。我像是接收到了他的祝福一般,暖流涌遍全身。在一个人的行走中,这样的暖流如充电。

顺着"教授"走来的方向,我看见了一副很眼熟的作品——《为无名山增高一米》。从 1995 年诞生直到今天，关于这幅作品的评说一直在继续。

议论不外乎这几个方面。首先是裸体，裸和当代艺术创作的关系；其次是作品究竟要表达什么，表达的意义其实在随着时间的变化发生着变化；再次是作品因为涉及的人员多，10 位当年的年轻艺术家们加上摄影师在内，如今都已成为响当当的重量级人物，难免在版权问题上说法不一。

这幅作品在 1999 年参加了第 48 届威尼斯国际双年展，引起了轰动。我曾经请教过几位"圈内人士"，对它的评价整体偏好。对于"它把人与人、人和自然以及男女两性，重新置于关爱和怜悯的维度上来探讨本源性的存在关系，给出了身体艺术前所未有的'中国经验'"这样的评价，大多表示赞同。

我从普通观者的角度来看，既赞叹他们艺术创作的能力，也很欣赏他们在那个时代对当代艺术的整体视野。不过，至于表现形式和创意，不能简单用勇敢或者大胆来形容吧，我想。我们当然不应

晕晕的威尼斯

该只用一个人的一件作品来定义他在艺术上的成就。一个人的创作是连贯和持续的，并且不是独立的，是需要放在大环境下来检验的。所以，并不是裸体、叠加、无名山，就是不朽的名作，这幅作品的精彩是在天时、地利、人和下促成的。

事实上，也因为这幅作品的特殊意义，总能有许多机会见到它。这次是从艺术家"GaoYang"（高炀）的角度出现的。此刻我在这里与之相遇，还挺意外和高兴的，有一种"他乡遇故知"的自豪感，虽然"故知"未必知道有这么个路人曾为此激动不已。

我只是想看看世界其他角落的人们是如何生活的

威尼斯双年展,穿墙而过的小女孩

我终于去了
条条大路都能通
的罗马

> 我只是想看看世界其他角落的人们是如何生活的

无意义的对聊

2015年8月1日 / 意大利罗马 / Arianna & Michel 的家

这里有老式电梯,就是网状铁拉门,自己手动开关上下的那种,机械感很强,但安全感不足。电梯内的空间只能容纳我一个人和一只大箱子。如果光是人,没有行李,走楼梯是最佳选择。安全、环保,还能锻炼身体。

我住的这户在四楼。接待我的姑娘是替朋友管房子的,人非常热情。我一到家,就周全地帮我招呼好了一切。最后,她告诉我,其他房间住着三位来自不同国家的小伙子。他们明天即将离开,所以不会形成任何干扰。她让我放心地住。

每个人都是独立的房间,并且有锁,能反锁,而且姑娘本人就住在我的对面。我的房间在整套公寓的最尽头,内附独立卫生间。所以,我并不怕所谓的"干扰"。我对厨房、冰箱的关注度反倒大大地超过了其他。

Rome

我终于去了，条条大路都能通的罗马

主人大胆使用艳丽的颜色，装点这个罗马的公寓

转眼在欧洲游荡了二十多天了，沙拉、面包和意粉是主打。但凡有能自己动手做饭的机会，绝对不能错过。夕阳西下的时候，屋子里是热的，厨房更甚。不过，色彩艳丽的锅碗瓢盆深深地吸引着我去触摸它们、使用它们，让它们为我的美食做出贡献。

四灶煤气炉，一路上所见几乎每个欧洲家庭用的都是这种，我自认为可以熟练驾驭，可是这回连打了三次，都没见着火儿。我正心生疑惑，阳台上悠悠地传来一句："你需要帮忙吗？"男声，英文，没有明显口音。我连忙说："需要，谢谢，请。"然后随声望去。

小伙子皮肤黝黑，中等身材，发色深，看不出是哪里人。他正在厨房边的阳台上抽烟，我竟没看见他。他扭开柜子侧面的煤气开关，然后打着了煤气。我说了谢谢，开始煮面。他又抽了大约一分钟的烟，离开了厨房，回自己的房间去了。

从威尼斯来到了罗马，地点变了。每当这个时候，总会刻意为自己留一点缓冲来适应，适应空气、水、交通、建筑、人等等。每次在房东家的厨房为自己烹饪的时候，便是最好的"独处"，虽然一

Rome

我终于去了条条大路都能通的罗马

路都是自己独行,但在我心目中,只有不需要任何警惕、也不需要任何与外界的交流时,才算得上真正意义上的"独"处。因为,这时能清晰地听见和自己的对话。

"听听音乐吧。"我对自己说。刚要拿起手机点按播放器的时候,一个金发瘦高个子男生立在了厨房门口,张望了一下,说了声"Hi",然后就转身走了,留下了一个至少露出八颗牙的笑容。

"他可能是来找人的。"我心想。于是听起了陈绮贞的歌。

《旅行的意义》。

以前经常听电台播放这首歌,尤其是在一些和旅行相关的节目里。甚至有一阵子,都快听吐了。可能是歌名儿直指人心,也可能是歌词里的那些地名确实令人向往,再不就是那些道理,听起来很像是真的。

我沉浸在"旅行的意义"和炒番茄里。

一个身影进了厨房,并从冰箱里取东西。我转过身,也迅速从自己的世界里抽离。这个男生黑色的头发微卷,戴眼镜,眼睛不大,看上去像个韩国人。他手里握着一瓶矿泉水，显然是刚从冰箱里拿出来的。他并没有马上离开，看见我也在看他，便用英文说："你好，请问你很喜欢这首歌吗？"

我回答他："是的，喜欢。"

"你知道她？这个歌手在我们国家挺流行的。"他继续说。

我直接飙出标准中文："我当然知道。我是中国人。"

原来他以为我是日本人，就像我以为他是韩国人一样。他握着他的矿泉水站着，和我聊了至少十分钟。我不仅做完了食物，并且将食物吃得所剩无几了，他仍然在和我对话。

我一边聆听，一边想，估计也是好些天没听说读写中文了吧，话匣子一打开还真难关上。

他在欧洲的线路和我正好是反过来的。我的上一站是威尼斯，而他的下一站是威尼斯。我们交换了一点相关信息，但是我一直觉得，别人的经验未必有用，所谓的攻略只是保底的小小心理安慰而已。不过，既然眼前的这个小伙子乐意说，那我就姑且存在脑子里备用吧。

我终于去了条条大路都能通的罗马

Rome

见我已经吃完了东西，连碗筷都洗净了，他说："其实我还蛮想和你继续聊聊的。如果你不介意的话，我先回房间打个电话，五分钟后继续来厨房，你看可以吗？"我笑笑，想，正好把那一堆采访问题让他回答回答吧。"好吧。一会儿见。"

这是我到罗马的第一个晚上，就遇到这三个来自不同国家的男生，长相和性格截然不同，年龄却都是二十多岁。还是一方水土养一方人，这个喜欢说话爱交流的来自中国的男生是江苏人，研究生刚毕业，很想出来"看世界"，于是鼓足勇气，为自己精心设计了这趟欧洲独行之旅。

他说当年本科毕业一门心思考研，希望可以早点拿到更高的学历，放弃了那时参加"间隔年"活动的机会，现在权当弥补。因为"行万里路"是一堂课，没上的要补，上过的还要不断提升。以前从未独自出远门，所以现在仍然深感梦幻。他说他今天和一位老头聊了一下午，那位老头是个意大利人，和他同在一家餐馆用餐，以前是个机械工程师，同行相见分外投缘，一来二去的说了好久。他在表达和老头聊了一下午的这个过程时,很细微、很细致、很细腻,像极了一个长镜头,一口气拍摄下来的,这个镜头在播放的时候还被放慢了速度,每个画面都很缓,被抻得很长很长,但是并没有什么细节吸引我。

我几次欲打断,或者企图另开一个新的话题,可是我完全插不上嘴。这个眼镜儿理科男的滔滔不绝不是洪水,而是细流,内容不重要,但是过程很重要。像是我到达罗马的一页,不看就翻不过去,不翻过去就好像无法到达下一页。我不知道我的眼神是否出卖了我的游离,一度我只见他的嘴唇在动,完全听不进去他在说什么。

对,你可能会问,那你干吗不找个理由走开啊?是的,这也是我在问自己的问题。

你看过电影《搏击俱乐部》(*Fight Club*)吗?这个时候,对面的这个男生和我,有点像这部电影里的布拉德·皮特和爱德华·诺顿。我在这个男生身上看到了另一个我。渴望看世界的迫切和激动,错过间隔年的遗憾和弥补,甚至独自出行的寂寞、孤单和不安,还有,

我终于去了条条大路都能通的罗马

Rome

与当地人"畅聊"的自我认同感和虚荣。

我不能嫌弃自己。所以,我要听他说完。因为他比我幸运,他遇到了我。而我,通过他,也看见了我自己。

厨房里的温度不低,我脸上渗出了微汗。我的隐形眼镜已经很干涩了,我只能通过不停地眨眼来缓解这种干涩。他在滔滔不绝的某个气口,忽然刹车,问:"你是不是很困了?"我趁机连忙点头,微笑回答:"不好意思,今天先到这里吧,谢谢你回答我提的问题。占用了你这么长的时间。早点休息吧。明天还要出去玩儿呢。晚安。"

我一口气说完了所有的台词,我想也包含了他的台词。我完全不需要也不想继续听他说任何话,哪怕"晚安"。我们结束聊天的时候,应该快 12 点了,我真的已经困到不行。

其实这个男生真的不错。二十七八岁的年纪,硕士学历,家境正常,自身刻苦,无不良嗜好,无坎坷经历。思维并无什么过人之处,但是也能应付这世间的日常。积极向上,热情好学,人虽然啰唆点,但仍在可理解的范围之内。两个小时的对话中,没有抖脚、砸嘴、眼神乱斜等小动作，衣着清洁，无明显异味，也无刻意的香水气。

但是，这场对话就是毫无趣味，甚至被我当成修行。修的是我的忍耐力和内观自我的能力。

我当然思考过，在宝贵而有限的旅行时间里，居然这么奢侈地花掉了两个小时，到底有什么意义。我到底想要得到什么，或者我到底得到了什么。意义，我不断地寻找关于意义的答案。

我们交换了微信。但是我基本没怎么看。第二天一大早我就出去玩儿了，后来房东和我说，小伙子来敲过我的门，我想可能是道别。离开罗马的时候，我将他的微信删除了。我一直觉得有趣是做朋友的前提条件，这一点我毫不掩饰地告诉了他。他很无奈地说，没办法，我已经尽量让自己变得不那么无趣，但是，你知道这很难。为了鼓励他，也为了安慰我自己，最后我说，你英文说得真好，声音也很好听，跟电台男主持人差不多。

他就此又说了一大堆。我都没听。如果这是另一个我的话，我希望放逐它。"生命好在无意义，才容得下各自赋予意义。"木心说的。

Rome

我终于去了
条条大路都能通
的罗马

最认真的房东,最乐观的翻译

在我心里,罗马是和奥黛丽·赫本、格利高里·派克绑在一起的。罗马,我来了。

我预订的是一套公寓其中的一间。房子的主人是一对夫妇。他们在简介中分别这样写道:"我是一名意大利摄影师。我经常外出工作和旅行。我热爱不同的文化和语言。我会一点点法语和希腊语。喜欢旅行、音乐和烹饪。""我是一名心理咨询师。我很喜欢旅行。因为特殊原因,我们会离开一阵子,由我的朋友接待你们。"

果然,从网上订房的回复到见面,接待我的都是一个姑娘。她叫 Tiziana Raffa。她的英文比一般的欧洲人要流畅和正规一些。我们的交流中如果出现了一句话里有两个以上的陌生词汇,她就会给出解释。她很擅长解释词语,总能以最快的方式让我明白她的意图,而且,她还会问"你明白我的意思了吗"来再三确认,认真程度不亚于一个研究语言学的学生。

我只是想看看世界其他角落的人们是如何生活的

罗马斗兽场的内部

Rome

我终于去了条条大路都能通的罗马

遇见她的时候,我正在这幢建筑的一楼高高的台阶下仰望着。老式升降梯的铁笼子停在一楼中间。姑娘在四楼,天气实在太热了,我也不忍心让她上上下下地跑。于是,她在楼上的电梯口喊着,告诉我怎么使用这台老式升降梯,包括先开哪道门,再开哪道门,如何按按钮,简直就是简单易懂的电梯有声说明书啊。

她并不比我健硕和高大,但是拎箱子的样子却让人信赖,小心轻放,好像箱子是玻璃做的一样。小背心,短裤,深褐色头发扎着马尾,还有一双明亮的大眼睛,双眼皮。我不知道罗马人应该长成什么样子的,但面前这个姑娘就是罗马人。我先收起对她的好奇,跟着她进了屋。

一进门是条小走廊,左右各三扇门,尽头一扇门。正对大门的梁上挂着一幅黑白大照片,是广场上人们舞蹈的场景。左侧墙壁上有三幅竖构图的小油画,分别是着白色、黑色和红色连衣裙舞蹈的女子。厨房的门是大红色,其他房间的门都是白色。走廊尽头的房门顶上,挂着一口大钟。表盘上的图案是一只正在舔爪子的猫咪。

> 我只是想看看世界其他角落的人们是如何生活的

  我的房间在走廊右侧的尽头。推开门，窗帘的鲜橘色便扑面而来，火辣地像刚刚尝了点人间荤腥儿的少女。在窗户旁边，一面与我等高的穿衣镜赫然站立。镜子旁边是洗手间。镜子的正对面是一张一米五的大床，床上用品的纯白色让整个房间安静了下来。

  床既对着洗手间，又对着一面镜子，这两件事都是我不太能接受的。洗手间的门一关倒也没什么，镜子就没有门儿可以关了。往床上一趟，视线忍不住地看向镜子里的一切，无法自拔，深邃而诡异。我立刻蹦去问 Raffa，能不能找块布，大点儿的，我想盖住镜子。我以为她会问为什么，没想到她二话没说，过了不到 5 分钟，就拎着一块浅色卡其布，笑吟吟地递给我。这真的是太棒了。

  8 月 1 日开始，在罗马租住公寓需要增加一项 3.5 欧元每人每天的税收，是由租客来承担的，这一点在预定的时候 Raffa 就已经告知过我了，而且很贴心地发了意大利语和英文的双语链接给我。当面与我确认无误之后，她开始手写发票给我。她认真的样子像个学生，写字的时候脸上都是带着微笑的。我忽然发现她指甲油的颜色和我

Rome 我终于去了条条大路都能通的罗马

窗帘的颜色是一样的,激情四射,活力无边。

她把写着工整字体的发票递给我的时候,充满了仪式感。我接过的不仅仅是一张纸,我想我会保存好它,它是我丈量这座城市的凭证。它与机票、门票不同的是,这是真实而温暖的手写笔迹,而笔迹背后是一个热情洋溢的姑娘,是一段有场景有关联的交往。独一无二,不可逆,没有重复。

我想我又出神了。可能只有几秒钟。Raffa 再次出现在我面前,手里拎着一个电风扇。她说,可能会很热,这个给你用。然后又告诉我说,她是帮朋友看房子的,她并不是房东。但是这段时间她都会在这里,她就住在我的对面房间里,有任何事情都可以随时找她。除了明天晚上她要参加一个朋友的生日聚会外,基本都在家的。我顺势约了她,在我离开的前一晚留两个小时聊天,她爽快答应。

我很喜欢这样有条不紊、会张罗会计划、善于沟通的姑娘。她先把客观情况都摆在你面前,让你都有个心理准备,便于安排,这个风格和其他几位房东都不同,更商务范儿一些。也可能是因为语

我只是想看看世界其他角落的人们是如何生活的

冰箱上贴着租客的留言

Rome | 我终于去了条条大路都能通的罗马

言能力强的问题,她说起来得心应手。

原来,Raffa 是个英文翻译。工作并不好找,偶尔打打散工,最近帮朋友打理这套公寓。我准备了 12 个问题让她回答的,她索性转过我的手提电脑,直接打起字来。好像一个学生在做问卷,她洋洋洒洒地写了满满一张半的 A4 版面。

"在出租公寓的过程中,有没有不太好的经历?"她写道:"曾经有一位来自澳大利亚的夫妇,预定的时候就已经告知他们没有大房间,他们表示知道了。但是到了之后仍然不断地抱怨房间太小,不是两人住的。经过解释和协调,为他们提供了一个大床的房间。后来,他们在网上给了差评。相反,我给了他们好评。因为我已经把该解释和说明的都说清楚了,而且他们表现得也很友善。"服务行业总是会遇到形形色色的人,每个人的思维方式也不相同,多数时候也只能先做好自己了,其他人,无法掌控。

对于"最难忘的一次长途旅行",她的回答是:"在 17 岁的时候,花了三周的时间住在英格兰的南部学习英文。住在学校,还参加了

我只是想看看
世界其他角落的人们
是如何生活的

在罗马租的这间公寓,推门便看见这张"广场舞"照片

Rome

我终于去了条条大路都能通的罗马

课程,特别好的一次体验,是学习和旅行兼顾的一次行程。"我仿佛在她简短的描述里,感受到了那次旅行。对于 17 岁的姑娘来说,能边旅行边读书真是一辈子的财富。

我们按照约定在那晚聊天,她非常健谈。当我说,我可能会把你的照片和你的回答放进我的书里,可以吗?她几乎尖叫地说,太好啦!太奇妙了!我竟然会出现在你的书里!我说,可是我的书是中文的。她说,很好啊。看不懂字,我可以看图片啊。哇哇哇!太好了!

这姑娘欢呼雀跃的样子一直在我脑海里。她说她 26 岁了,但是她觉得心很老。她无法找到一个能与她一起前行的人。现在身边有很多年轻男生,都是玩玩的心态,大家都不想,也害怕负责任,主要是无法负起责任。经济不太好,工作不好找,各种压力纷至沓来。哥哥今年 31 岁了,嫂子是发型师,两人育有一子。从哥哥身上完全看不到老公、爸爸的样子,还是很贪玩,但这是较为普遍的现象。

"可是,满大街的咖啡馆、酒吧里都是悠闲的人们啊。"我忍不住这样问。"不然呢，反正一切 OK 啊。大家都觉得现在 OK 啊，没什么'大事'发生。咖啡都是要喝的。"

她说的是一个不太乐观的现状，但是她却是很乐观地说了这个现状，然后，和我举杯喝啤酒。后来，她又聊了那晚朋友的生日派对，大家为准备什么样的礼物争论了半天。最后凑份子买了块表，皆大欢喜。在我们聊天的过程中，她还接了一个电话，是妈妈打来的。虽然是意大利语，但是基本能猜测出对话的内容。

此情此景，和国家、文化、语言都无关，就是一个年轻人的日常、周边以及无敌的青春。

Vatican 我终于去了条条大路都能通的罗马

撞上梵蒂冈

提到梵蒂冈,你会联想到什么?教皇?圣彼得大教堂?米开朗基罗?世界上最小的国家?国中之国?

当年做电台主持人的时候,在一档旅游节目中有两期分别聊到迪拜和梵蒂冈,这两期的听众互动最为活跃,可我却完全置身事外,总觉得不会主动与迪拜或者梵蒂冈有任何瓜葛,因为它们不是我的旅行梦想地。

可是今天,我已经身在罗马了。在心里,我已经默默地将今天交给了梵蒂冈。查攻略的时候,我发现我住的地方和梵蒂冈在同一条地铁线上,间隔10站而已。仿佛只要瞥一眼地图,人就站在这个"世界上最小的国家"里了一样,便捷得很。

可能是太随意太放松,我居然坐反了方向,这种事情在本次的旅行中并不多见。不过,反正地铁票是按照天数计算的,索性坐到终点站,出去吃个"早午餐"好了。

我只是想看看世界其他角落的人们是如何生活的

梵蒂冈圣彼得大教堂

Vatican

我终于去了条条大路都能通的罗马

这站有点偏僻，但是仍然一出地铁口就有小快餐店，正宗的"苍蝇馆子"，城郊结合部的感觉。来用餐的好像都是在周围居住的人，很"街坊邻居"，店员和顾客都很熟悉，见面有击掌的，有贴脸的，聊天声巨大，和在国内火锅店的分贝差不多。

意大利语的调子很有乐感，反正听不懂，就当欣赏现场版的舞台剧好了。我闷着头大口喝水，大啃三明治，很忘我。前座有一个老大爷，转头看了我好几次了。他真的好老，牙齿几乎都掉光了，但是仍然充满好奇心，笑容像是北欧冬天的阳光，温暖得十分珍贵。我敢打包票，他一定不会说英文，所以我好怕他和我搭话啊，真心不知道怎么聊啊。

果然，他开口了。一连串的"音符"，行云流水，如中国画里的山水泼墨，酣畅淋漓。我光从旋律角度来欣赏，完全忽略听不懂这个铁一样的事实。

他一直说一直说，滴里嘟噜一串接着一串。我实在不知道从哪里猜起，又不忍心无视他的滔滔不绝，总要给点反应吧。于是，连忙摇头,说,听不懂,只能说英语。听不懂听不懂听不懂。

他还在继续说。

他指指我,指指他的婚戒,指指远方,又指指近处,又说"boy",说"marry"。哦,我的理解是,他问我是不是嫁到这里来的,我连忙摇头,使劲摇,然后笑了。他又画圈圈,说了个类似英文"几天"的发音,我估计他是问我在这里玩几天。我手指一伸,3!他连连点头。

兹证明,意大利人好爱聊天啊,这么费劲都能聊,对错都不知道,还能聊,关键是还聊得挺开心。我边赶着苍蝇,边加快速度,免得老大爷停不下来。主要是,我要去梵蒂冈!听说那里每天都排着长长的队伍。

和老人家说再见,离开小馆子,重新进了地铁站。

不知道是这里的标示做得好,还是交通太便利,或者是,我要去的地方太著名,反正下了地铁,我几乎只在两个路口确认了一下方向,就顺利晃荡到了梵蒂冈。你知道那种感觉么?这是个多么如

Vatican

我终于去了条条大路都能通的罗马

雷贯耳的名字,而你就脚踩着它,太真实又太不真实。

我又开始犯"病",喜欢坐得很低,恨不能躺在地上。建筑的阴凉处很舒服,有风又不晒。我在这里靠着大柱子坐了足足有40分钟,或者更长。情侣们和我一样优哉游哉,小朋友和我一样天真烂漫,我自己都不相信我才来罗马第二天,就像是在此居住了好多年。我靠着靠着,逐渐靠了下去,几乎快躺在地上了。

可能是太舒适随意了,我不知不觉地混进了一堆上海人的队伍,跟着他们排队,一点点往前挪动,听他们聊天,出神。队伍里的一个爸爸在和女儿探讨关于肚子疼的话题。他为了说明女儿肚子疼是肠胃问题,从生理到心理,从饮食到天气,全方位多角度地分析和推断。我心想,没准姑娘是来例假了,不想和你说而已。最后女儿忍不住说了一句,换个话题吧。爸爸才停了下来。

聆听,是我最喜欢的打发时间的方式。

眼看着排到我了,工作人员数着人数,这个上海团的人一个接一个,我自动靠边。喊停的时候,我发现之前几个零散的人都不见了,

我只是想看看
世界其他角落的人们
是如何生活的

等待进入梵蒂冈圣彼得大教堂的人

Vatican

我终于去了条条大路都能通的罗马

都是整团的人。我意识到我可能排错队了。

我和工作人员说,我只有一个人。没有人告诉我要排在哪里,也没有牌子显示。他一副不容分说的样子,指指烈日里的长队。我刚"But",那个上海导游跟我飚意大利文,一副不想再多说的模样和懒得理我的气势。

面对他,我居然笑了。看了他一眼,我转身走了。我有大把时间,不就是排队安检么?我从一个保安模样的工作人员那里得知,晚上7点半才关门。此刻是下午2点多。喏,你看,我有的是时间。

看着烈日下排队的"散客",我才明白导游的优越感来自哪里。圆形广场上,半个圆周那么长的队伍,完全被阳光直射,在全天最热的时间段里,一点遮挡都没有。而团体排队是在建筑长廊里面的,躲过了大太阳,又有小风吹着。好吧,我应该找个更舒服的地方,看着队伍缩短,阳光变斜,再来排队。

和自己商量之后,就这么愉快地决定了。一个人旅行的好处就是,不用把心理活动表达给别人听,全过程直接呈现,从开始到结束不

我只是想看看世界其他角落的人们是如何生活的

冰激凌店的姑娘

Vatican

我终于去了条条大路都能通的罗马

需要解释逻辑,纯意识流。

我绕到广场的另一面,发现了一个冰激凌店的牌子,不远处还有庇荫的台阶可以坐。我的脑子里立刻浮现的画面是,我已经手持冰激凌,斜靠在台阶上,跷着二郎腿,享受着微风儿,怡然自得地看着烈日下排队的人们……

事实上,我也只用了5分钟,就将这个画面变成了现实。

"所有的安排都是最好的安排",这句话堪称自我安慰之经典。如果不是排错队,我可能发现不了这家冰激凌店。它自称是"镇上最好吃的冰激凌"。店员姑娘戴着深红色的小帽子,白色短袖衬衫,像个空姐。眼睛很黑,牙齿很白。她耐心地等待在冰柜前犹豫不决的顾客们。因为口味实在太多,每个都很诱人,选择困难在所难免。

我举着我的冰激凌,从店里挪出来,像一个首战告捷的战士,奔赴下一处。这大热天儿的,舔着细腻丝滑凉凉的冰激凌,还有什么烦恼不能放下?走上台阶较高处,将其他几个零散游客统统置于"脚下",头顶是蓝天白云,身后是雄伟的建筑,不远处是圣彼得广场,我望着刚才排错队的地方,像是已经过了7秒钟记忆期的鱼,重新又开心起来。

从我再次排队到进入圣彼得大教堂的内部,一共不到20分钟。所以,真的是"来得早不如来得巧",我这次避过了高峰。

写了一箩筐的梵蒂冈"前戏",到了正式进入这个建筑内部的时候,我真的不知道该从何说起。它的基本资料、攻略、历史等,我都不想说,因为网上都能查得到。甚至照片,大批大批要多美、多丑甚至奇葩的,都可以找到。

身临其境和仿佛身临其境完全是两回事。看过再多的文字和图片,听过再多的分享故事,都是间接的。旅行这件事,不是输入程序然后就自动运行了,它的重点在于体验。

我的流程是,进门买了7欧可以乘坐电梯的票,省点力气,因为还有台阶要靠自己挪上去的。在法国波尔多的时候,我登过一个很小很小的钟楼,230个台阶,下来已经两腿抽筋。所以此番我是有心理准备的。

Vatican

我终于去了
条条大路都能通
的罗马

仪式结束

圣彼得大教堂是世界上最大的教堂，大约有450尊雕像、500根立柱和50座祭台，总面积2.3万平方米。

登上教堂正中的圆形穹顶顶部，可以眺望罗马全城。每每站在高处看远方的时候，总深感自己的卑微和渺小。那些想要到达的地方，看似近在眼前，实则远在天边。在圆穹内的环形平台上，可以俯视教堂内部，欣赏圆穹内壁的大型镶嵌画。这简单的一低头和一抬头，所见之处动不动就跨越几百年。我曾在日记中写道，望着满墙的绘画，那些线条、那些笔触、那些勾勒出来的形象，充斥着我的视神经，满眼的欲望。有朋友笑话我说，在教堂里还满眼欲望啊，我说，正所谓"一千个人眼里有一千个哈姆雷特"。

管风琴和教堂真是天生一对，这种乐器在这种建筑里尽洒魅力。不仅仅是庄严肃穆，还有触动心弦的拉扯。

从大教堂里走出来，第一感觉是口渴，非常非常口渴。因为在里头转了快两个小时，还爬了狭窄的台阶。广场上有很多处直饮水。看见三四岁的小朋友都在喝，我也去尝了尝，很甜，还很凉，只是

Vatican

我终于去了条条大路都能通的罗马

入口之后没多久,就更加渴了。甜,让你喜欢上它;更渴,让你离不开它。

将要离开的时候,我特意观察了一番皇家卫队的士兵们。皇家卫队就是梵蒂冈国家的军队。卫兵们个个高大魁梧,他们身穿红、黄、蓝三色条纹的古代骑士服装,手握长戟,威风凛凛。有人说很像小丑服,色彩艳丽,很上镜。游客们有的与他们合影,有的在一旁忙不迭地自拍。

他们都是瑞士人。据说在16世纪初,教皇受到了神圣罗马帝国的进攻,为了保卫教皇,一百多个瑞士卫兵战死在教堂外,当时的教皇非常感动,于是决定世世代代雇佣瑞士卫兵保卫教堂。

我怀着敬意按下了快门。

梵蒂冈,圣彼得大教堂,我来过了。

我只是想看看世界其他角落的人们是如何生活的

希腊岛上的文娱生活

希腊半日

我只是想看看世界其他角落的人们是如何生活的

希腊 Egina 岛码头上停泊的船

Egina 希腊半日

不光有蓝色

著名广告人、作家李欣频众多的作品中有这样一本，叫作《希腊：一个把全世界蓝色都用光的地方》，光看书名就足以打动旅行视觉派们。不是么？关于希腊，多少蓝白的交错尽收眼底。爱琴海上世人皆知的浪漫岛屿圣托里尼，简直就是希腊必去之地，"没去过圣托里尼等于没去过希腊"这句话简直都要都呼之欲出了。

我曾为一本旅行杂志撰稿，所采访的一位文学中年在第一次与我见面时便慢吞吞地道出了一段生死离别的凄美故事，说是要替即将离去的爱人去一趟圣托里尼，用拍摄的照片为她做一份告别这个世界的礼物。

所以，无论如何，希腊，都是我旅行中应该"待久点"的地方，虽然这一路哪里我都想待久一点。在家里电脑前"纸上谈兵"的时候，真的都是瞎想，不然，我一定不会把一个月的时间塞得这么满。不过，事已至此，我来到希腊的时候整个行程已然只剩下最后一天了。

落地雅典机场，存了行李，直奔一处岛屿旅行公司的柜台。幸好时间尚早，客人不多，我对工作人员表达了我的诉求。第一，我想去一个离机场最近的岛屿。第二，希望可以在晚上 8 点前顺利返回机场。服务员姑娘真是机灵而耐心，查来查去，不断给出选择，身后排队的人还时不时地给点建议，只是他们的语言我完全听不懂，但是能感觉到那份热情。最后，姑娘帮我定好了目的地，很贴心地带我选了人少而且省钱的船，并且提醒我一定多预点时间离开那个岛，毕竟在水上，不可控因素很多。

就这样，我踏上了去 Egina 岛的船。

船上人不多。我点了杯咖啡醒神。船舱里不到十个人，大家都晃晃悠悠的。走到甲板上，朝阳、蓝天、白云还有海风，一阵困意袭来。我大口灌下咖啡，四处走着，想寻一处可以蜷卧的地方，毕竟才早上 7 点多。我发现，船上的用色几乎都是白色和蓝色的，像是一场提前的预习。

三三两两的游客倚在栏杆上聊天看风景，有的直接把随身包包

Egina 希腊半日

放在椅子上，拉链都敞着，里面的钱包等物品一览无余。转角处有一个黑色长发的女子坐着，面朝大海，手里握着一罐啤酒，海风吹开了外套，香肩小露。这样的女子，不忍心打扰。我在甲板的另一边择椅躺下，这边除我外一个人都没有。我把相机套在脖子上，塞进防风衣里，蜷卧而眠。

醒来是因为不远处有水管冲洗地面的声音。隐隐地有细碎的小水珠溅在皮肤上，好像做皮肤护理的时候喷雾加湿的效果。这一觉睡得自然。在户外，一个人，旅行途中还能睡得这么投入而忘我，真是难得。隐约有梦，定格在我曾采访的那位大哥，他在说起将最后的礼物送给即将离去的爱人时，哭了……我坐直身体，慢慢恢复了手脚末端的知觉，起身向着阳光走去。

我像是一口忘了时间的钟，下船上岛的时候甚至都没有看时间。我不知道一觉多长，一个梦的片段有多久，我只是在开船后平静地睡去，可能是风也可能是海浪，它们伴我入眠，唤我醒来。

上岛了，上岛了！

我只是想看看
世界其他角落的人们
是如何生活的

雅典到 Egina 岛的船上,独自小酌的女人

希腊半日

不是蓝白色的。是绿,满眼的绿。岸边的海水,是清澈见底的绿色。沿水而建的一排排三四层小楼是奶黄、粉蓝和浅绿色的。尚未开张的小店,挡门板也是绿色的。我大脑内存里关于希腊岛屿蓝白色的信息在慢慢被更新。

往小巷子里钻,植物肆意地蔓延开来,分不清院内还是墙外。多肉植物在这里全然没有娇贵和不好养,充足的日晒和良好的排水令它们疯狂乱窜,和我见过的那些放置在都市办公桌上三天两头病恹恹死光光的模样截然不同。

猫猫们无忧无虑地在各自的角落里或静躺、或漫步、或观望路人。在一根电线杆旁边,一只小蓝猫慵懒地躺着,旁边一只小虎斑警惕地帮它观察周围动静。而不远处,一只黑白相间的小家伙正慢悠悠地走过,一副世界与我无关的模样。

庭院里,主人晾晒的一块大红底黑色印花围巾,在绿荫丛中格外显眼。再仔细一看那树,竟是石榴树。好多年未见过这么高的石榴树了。希腊著名诗人,1979 年诺贝尔文学奖获得者奥季塞夫斯·埃

我只是想看看
世界其他角落的人们
是如何生活的

菜市场附近的猫

Egina 希腊半日

利蒂斯,就有首诗叫作《疯狂的石榴树》:

在这些刷白的庭园中,当南风
悄悄拂过有拱顶的走廊,告诉我,是那疯狂的石榴树
在阳光中跳跃,在风的嬉戏和絮语中
撒落她果实累累的欢笑?告诉我,
当大清早在高空带着胜利的战果展示她的五光十色,
是那疯狂的石榴树带着新生的枝叶在蹦跳?

当赤身裸体的姑娘们在草地上醒来,
用雪白的手采摘青青的三叶草,
在梦的边缘上游荡,告诉我,是那疯狂的石榴树,
出其不意地把亮光照到她们新编的篮子上,
使她们的名字在鸟儿的歌声中回响,告诉我,
是那疯了的石榴树与多云的天空在较量?

我只是想看看
世界其他角落的人们
是如何生活的

海边的水果摊

Egina

希腊半日

当白昼用七色彩羽令人妒羡地打扮起来，
用上千支炫目的三棱镜围住不朽的太阳，
告诉我，是那疯了的石榴树
抓住了一匹受百鞭之笞而狂奔的马的尾鬃，
它不悲哀，不诉苦；告诉我，是那疯狂的石榴树
高声叫嚷着正在绽露的新生的希望？
　　……

陆续地，有店铺和摊档开门了。蔬果颜色亮丽夺目，被摆放得整齐可爱，和店主一起迎接着即将到来的客人。作为只在这座岛停留大半天的客人，我也已经准备就绪，启动我在这里的美好。

希腊 Egina 岛上的房子

Egina 希腊半日

再来希腊我带你去文身

用了大约 3 个小时,里里外外、上上下下地把这座岛逛了个遍。猫多,植物多,水果店、鲜花店多,绿色多。

离午饭时间还早,选了一家靠近水边的小饭馆坐下。显然,它还没开始正式营业。桌椅的颜色好像幼儿园一样,绿的、粉的、蓝的,还有浅紫色的,沿海边摆放。店铺却在路的另外一边。也就是说,店家从厨房取了菜都要穿过马路才能送到客人桌上来。

我正坐着发呆,一位男青年过来问我:"吃饭吗?""要的,但是要在 12 点后,可以吗?""当然。""我现在想吃冰激凌。""我家没有冰激凌。那家有。"说着,指向隔壁的一家店。"可是,我还能坐在这里么?"他表情很认真地说:"当然能!为什么不?!"好开心啊,我被允许坐在他家的地盘,吃着别人家的东西。

当我舔着冰激凌回来的时候,男青年正在一张张地铺桌布。因为凭海临风,每张桌布铺平之后要用特制的夹子把四边夹好。我正

我只是想看看世界其他角落的人们是如何生活的

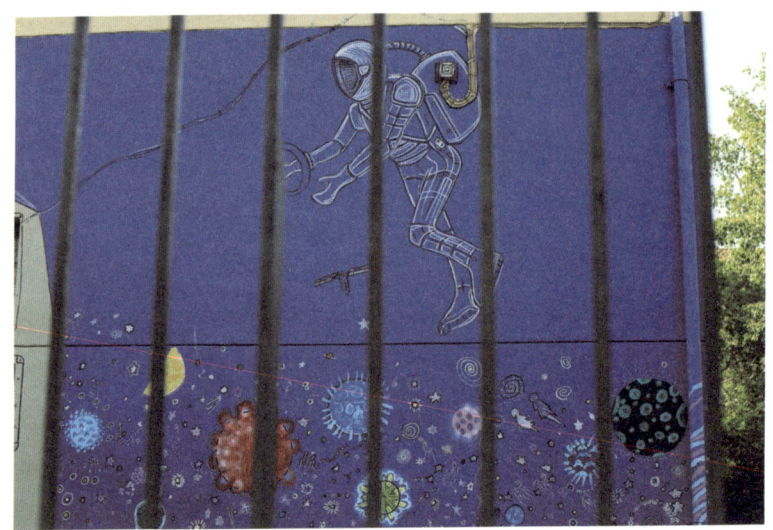

被绘上了画儿的变电箱

闲着，又觉得欠了个小人情，于是主动帮起忙来。他见了连连说不不不，走上来恨不得动手阻止我，但是看我动作麻利，做得也挺好，又没有要停下来的意思，于是连忙道谢。

这么点小活儿，麻溜就干完啦。他又非常正式地说了一遍谢谢，然后介绍了自己叫什么名字，叽里咕噜一大串，听不清楚，更记不住，连复述我都说不明白。

他问我从哪里来，我回答他中国。他亮出脚脖子上的文身，是一个"夏天"的"夏"字，但是是反的。我问他为什么是这个字，他说，他喜欢这个字的样子。为什么是反的？是为了照镜子的时候看吗？他笑着告诉我，因为文身师也不认识这个字，以为就是这样的，没想到完成之后才发现，反了。我问，能让我拍照么？他说OK，并问我是想放到网上么，我露出坏笑。

我问他有几处文身？他说7个。我说我也正想文呢，图案都想好了。他说，如果你再来希腊，我带你去文身，我认识好几个文身师。这种邀约这么难实现，所以显得很不真实，但是因为很具体，所以

我只是想看看
世界其他角落的人们
是如何生活的

面朝大海的餐馆

很有诚意。于是，都留下了联系方式。

餐馆是爷爷奶奶的，他来这个岛完全是为了帮忙。平时在雅典做平面设计。哇，又是个平面设计师。巴塞罗那碰到的 Tina 不也是么。

其实，此刻，我最想做的事情是，找个地方洗澡，否则就将连续 3 天没澡洗了。也不是刻意弄得好像很穷游范儿，是真的高估了自己对贪恋的控制力，也高估了自己拔腿就走的潇洒劲儿。每个地方拖拉一两天，最后佛罗伦萨拖没了。如果不是从雅典飞离欧洲，估计希腊也拖没了。

静静地坐在这里，面朝大海，天然醉。

我问男青年："你家除了餐馆还有旅馆么？"他看着我，反问："如果有呢？"这样的反问让我卡了 0.5 秒的壳。卡完以后，我表达了我的诉求。

不到 15 分钟，他用半价帮我弄了个旅店的房间，大大超出了我仅仅想洗个澡的愿望，24 小时之内可以随便我干什么。在这样的旺季，临时找这么个半价的房间，天上掉下来的感觉，虽然我只用几

我只是想看看世界其他角落的人们是如何生活的

个小时而已。

小楼儿的古典是真的，不是仿造和改建的。一楼有个至少 20 平方米的客厅，两张大沙发迎来送往着不少客人。房东是一对老夫妇，任由我瘫在沙发里，像是自己家人一样。休息了不知道几分钟之后，我到了自己的房间，洗了一个让自己十分满意的澡。在这个过程中，我的意识流里先后想到了两部电影：《幸福终点站》（*The Terminal*）和《幸福的面包》（*Bread of Happines*）。

在《幸福终点站》中，汤姆·汉克斯饰演的角色被困机场 9 个月。在这 9 个月里，他用机场的洗手间洗漱，在候机室睡觉。他已经学会因地制宜，在机场照料自己的生活，甚至还找了一份建筑工地的工作。我曾经冒出过这样的念头：机场就像一个夹缝，它有自己的特殊时空。如果能在机场生活一段时间，一定是一场别样的体验。

《幸福的面包》讲述的是日本北海道的一家旅店，厌倦都市生活的人们带着各自的故事和心情来到这里小住。幸好有面包香，能让人忘记一些不快，又重生一点希望。

希腊半日

我的知足在洗完澡的那一刻达到顶峰。我甚至嗅到了炸鱼的味道。人真的很简单，睡和吃，大概也就够了。

男青年的餐馆生意不错。他家还真的有炸鱼。刚才吃冰激凌坐的位置还在，我三步并作两步地到了那里。他问我点什么？我说啤酒和炸鱼。他竖起拇指说，好选择！

我吃了一口，望着海，再看看天，用脚搓着沙子。风里有点潮湿和咸腥的味道，恰到好处，甚至令人欢喜。我这一顿饭吃了不知道有多久，和瘫在沙发上一样的感觉，跟在自己家里似的。餐盘撤走了，餐巾纸完全露了出来，很大，纸张柔软、厚实、有韧性，这是男青年的妈妈设计的，印有这座岛的线描地图，右下角是一个复古的小罐子图案。

男青年忙完要走了，送了杯热饮给我，祝我旅途愉快，有空来文身。我谢了他的款待和邀约。

离开这家餐馆的时候，也是一切刚刚好的感觉。这半天，像是一场特别的充电，也顺便把这一个月给沉淀了。是接近尾声，也是

> 我只是想看看
> 世界其他角落的人们
> 是如何生活的

跃跃欲试着的另一种开始。

在码头等船,按下快门的时候发现,这里和新西兰的皇后镇很像。一样的夕阳,一样的水,还有,在水边嬉戏打闹的孩子们,和在旅途中依依不舍的我。

P.S.

关于文身为什么是反的,我当时在朋友圈问了大家。堪称"最能编"的一位朋友撰写的剧情如下:

他爷爷爱上了一个名叫夏的来此留学的中国女孩,但是那个女孩回国后在那个特殊的时代遇到了最悲惨的遭遇,他在最后一天才赶到她身边,却无力回天。女孩最后在他颤抖的手心里写下了一个"夏"字。老人始终不忍抹去这个字,于是把它翻印到脚踝上,做成了一个文身,并作为家族印记流传了下来。

希腊半日

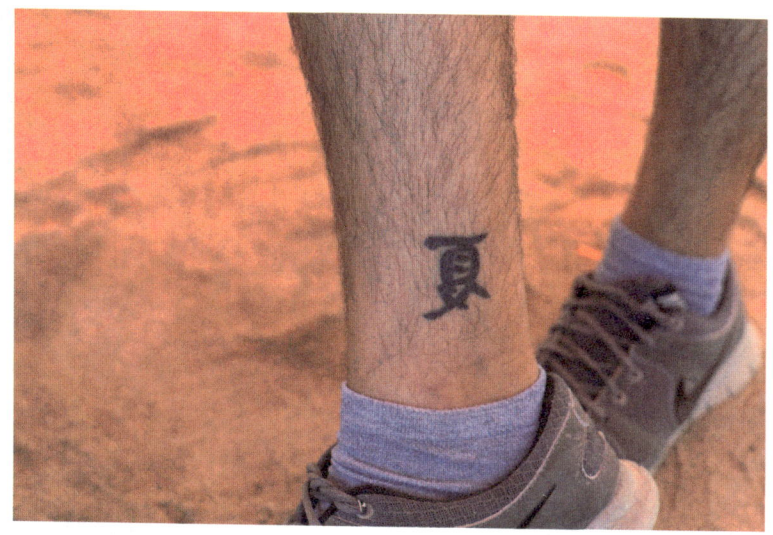

老板的文身

我只是想看看世界其他角落的人们是如何生活的

驶离 Egina 岛

吼我，亲我

吼我和亲我，这两件事都发生在机场。从意大利罗马飞希腊雅典，在罗马费米齐诺机场。

预留了足够的时间，本来想好好逛逛。可是，罗马机场和想象中的一点都不一样，像第"五"世界国家的汽车站。吃快餐的地方人很多，不知道队伍怎么个排法，找不到队尾，也不知道餐怎么点。于是，我默默地站在一旁看着。可能是太安静了，默不作声反而被服务员注意到，大汉的眼神儿穿过几个人，声音也随之传来，问我要点什么。我这才意识到，原来其他人并没有在排队。

点完餐，环顾四周，找了一张看上去没有被霸占的桌椅。刚坐下，一胖一瘦两男人隔着两张桌子冲我大喊起来。真的是用"喊"的，气流从丹田出来，经过胸腔共鸣的那种。他们叽里呱啦地说了一通，面露凶光。我被吓到了，脑子里迅速判断他们要干什么。周围忽然变得很安静，我能感觉到很多双眼睛望向我们。我真的没听懂，好

> 我只是想看看世界其他角落的人们是如何生活的

像是意大利语,又像是希腊语。我故作平静,礼貌地用英文说,对不起,我听不懂你在说什么。他们站在原处没动,但是更大声了。

他们更大声了,我反而不怕了。我用眼神求助旁边一个姑娘,她告诉我说,这两个人说,这个位置是他们的。说完,朝他们翻了个白眼儿。我猜想可能是这样,但是不至于这么大动静吧!多大个事儿!给你们,来来来,坐坐坐!

我笑了,说对不起,转身坐了旁边一张桌面狼藉的桌子。座儿?不就是个座儿么,不至于使这么大劲吧,又不是把你媳妇儿抢走了。我一让,他俩安静了,周围又慢慢恢复了嘈杂。我和那姑娘对视了一下,微笑,道谢。

我一边吃,一边想,那两个人真的挺凶的,但其实不坏,就是有点粗鲁。他们用自己的方式表达他们的想法,可能和这个环境不一致不协调,但是至少没有对我造成实质伤害。就像一种动物对另外一种动物发出警告捍卫领地一般。做出这个判断和总结的时候,我觉得自己又升华了。

希腊半日

吃完饭去换登机牌,又是无尽地排队。忽然发现有朋友转了一篇作家李娟的散文,关于猫的,很长很长,但是真流畅,好看又有趣。于是我在机场的角落里坐在箱子上,一口气读完了它。

这文章滋润了我,稀释了那两个吼我的人给我带来的浅浅内伤。

亲我的事发生在土耳其伊斯坦布尔机场。

从希腊雅典飞到新加坡要在这里转机。顺便提一句,我没有从希腊直接飞回国是因为新加坡的签证已经快过期了,于是我想在结束欧洲一个月独自行走的旅程前,将新加坡作为缓冲。这虽然有点矫情,但是也是必要的,我想。

我擅长在各种交通工具上呼呼大睡。飞机上我也是"睡神"。用围巾包住头,只留下鼻孔和嘴巴,再次睡得东倒西歪。我左边坐着一个大妈,估计在中国应该是跳广场舞的那种年纪和类型,一个人,很严肃。我感觉我可能头磕到她肩膀或者其他怎么了,每次我惊醒的时候,都发现她面无表情地看着我,弄得我总在说对不起。右侧的大汉倒是睡得比我还踏实。

印象中，大妈问了三遍空姐。后来知道她要转机到里斯本，但是只有45分钟的时间，所以不断确认几点，还来不来得及。

下飞机的时候她在我前面走，时不时回头，脸上还是没有表情的。前面的人取行李，走走停停的，大妈终于忍不住，再次回过头来，问我去哪里，我说转机，去新加坡。她掏出给空姐看了三遍的那个用透明文件夹装着的机票，哦，原来她还在一直担心是否赶得上飞机。

我问她，你需要帮助吗？她可能听成了，你需要帮助，反问我，你帮我吗？我看着她，心想，你都这样问了，我还能说啥，当然得帮啊。

下了飞机，进了机场，看着登机口的数字，最大到了500多号。好家伙，伊斯坦布尔机场真不小啊。平时在机场晃荡，经常看到电瓶车来来去去地开，那一刻竟然一辆都没见到。

带着她一通疾奔，中途还问了两个工作人员，要么含糊其辞要么一顿乱指，幸好有一个正在给饮料机加饮料的小伙子，及时有效地给了个正确的方向。

如果出汗用"身"这个量词，我已经湿了两身汗，终于跑到了地方。

希腊半日

大妈还一脸不确认地问我,真的是这里?我指着显示屏,她终于看到了"里斯本",脸上露出了微笑。突然,转身抱住我,一通亲,亲了我的脸。是真亲啊!我甚至感受到了她嘴唇的温度。

我,此刻浑身是汗,一个"馊"人,真不希望有任何人亲近我。她亲我脸不觉得咸么?当然,这是次要的,关键是,我真的好害羞啊,大庭广众下被人亲,还是陌生人,陌生外国人,外国大妈。我赶紧对她说,太好啦,你没错过飞机,那我去赶我的飞机啦,然后,跑了。

有朋友说,你咋没拍照啊?我的天,那么始料不及的事情,怎么可能来得及拍照呢?如果这都能拍下来,那绝对是摆拍的啊。

我们俩在奔跑的时候,她说她来过中国的,和朋友一起,不是工作。那估计就是旅行咯。她说她喜欢中国,好多好吃的。我俩都气喘吁吁的时候,她还"差评"了之前我们问过路的一个工作人员,说,他不行,你说的,我都懂了,他还没懂。

我帮她,除了我比较闲,还有,看到她,我想起了我妈。

后记：在梦里活出自己的现实

这些文字终于完成了。我仿佛又重新走了一遍一年前走过的路。翻看那些照片时，却又好像不曾抵达，陌生感油然而生。

陌生源自本来也不够深入，恨自己不能在一处"深刻地"居住下去。

在写这些文字的过程中，我的生活也发生了很大变化。辞职的震动在亲戚朋友中尚有余温，事实上，我也已经从两年的视觉艺术研究生学业中毕业了。由熟悉的领域跳转到新的方向，充满挑战也无比新鲜。

身处一线城市，却选择了边缘的客家百年老村住着。鸟叫声是每天醒来的标配，楼下邻居小烟囱里的炊烟也成了最准时的嗅觉约会。窗外是绿树和成片的老瓦屋顶。我大概有点忘记了热闹都市鸽子笼里的紧凑，建筑工地的机械声，还有车水马龙和纸醉金迷。

我只是想看看
世界其他角落的人们
是如何生活的

我开始在现实里做梦，在梦里活出自己的现实。

陌生感的另外一个原因是，我曾去过的那些地方，后来接二连三发生了不幸，令人后怕、震惊和悲伤。

我的行程刚结束没多久，也就是2015年的那个夏天，深受战乱和贫穷困扰的中东、非洲难民涌向欧洲，造成难民危机。同年11月，巴黎发生一系列恐怖袭击事件，造成至少132人死亡。单单就在这2016年的7月里，英国脱欧、尼斯卡车恐攻、土耳其政变、德国火车恐攻、慕尼黑枪击事件……

这些并不会动摇我继续行走看世界的决心，一句"幸好没遇上"的唏嘘也无法当作所有的回应，相反，也许这些事件的发生在某种程度上反映了人类对自身欲望的探究。我想，之后的旅行不会再是简单地了解那里曾经发生过什么，还会注重当下的境况，以及未来的格局和走势。

小时候，总觉得字典般的文字才是书，因此一直对白纸黑字充满敬畏。这次也胆怯，生怕书里观点短浅、文笔粗陋因而贻笑大方。

后记

当然,我也将这视为功课,认真对待,胜在态度。不过,这也毕竟只是人生某个特殊阶段的记录而已,存在即可,无所谓好坏对错。共勉。

最后,感谢所有支持和帮助过我的人。

叶 丹

2016年夏于深圳鳌湖老村家中